文春文庫

月は誰のもの

髪結い伊三次捕物余話

宇江佐真理

月は誰のもの

髪結い伊三次捕物余話

一

遠くから半鐘《はんしょう》の音が微《かす》かに聞こえる。お文《ぶん》はその音で眼を覚まし、じっと耳を澄《す》ました。

大丈夫、近場ではない。お文は自分に言い聞かせるように胸で呟《つぶや》いた。お文の横で亭主の伊三次《いさじ》が規則的な寝息を立てている。蒲団に横になると、すぐさま眠ってしまう男である。日中は廻《まわ》り髪結《かみゆ》いとして市中を歩き廻っているので、疲れているとはいえ、その寝つきのよさには感心してしまう。晩めしの後には翌日の仕事のために商売道具の手入れをするが、手入れを終える頃には、もはや生欠伸《なまあくび》を洩《も》らしている。夜の五つ（午後八時頃）を過ぎれば、おれ、寝るわ、と言って奥の部屋に入ってしまう。寝られる時には寝ておきたいという気持ちでもいるのだろう。

伊三次は町方同心の小者《こもの》（手下）もしている関係上、夜っぴて張り込みをすることもあるからだ。

お文は床《とこ》に就《つ》いても小半刻《こはんとき》（約三十分）は眠れない。朝まで眠れないことも半年に一度ぐらいはある。

お文は芸者をしている女なので、お座敷が掛かった夜は酒気を帯びて帰宅することが多い。そのまま、着替えてすぐに寝てしまえばよいのだが、それができない。お座敷で相手をした客の顔や声が頭の中でくるくる回り、同時に三味線や太鼓の音も幻聴のように耳に残る。茶を飲み、煙管《きせる》で一服して、ようやく人心地がついて床に就く気になるのだ。

娘のお吉《きち》は二階の部屋で眠っている。その部屋は以前、息子の伊与太《いよた》が使っていたものだ。伊与太は家を出て、今は日本橋・田所町《たどころちょう》に住む歌川国直《うたがわくになお》という絵師の家で修業していた。伊与太が家に戻って来るのは盆と正月の藪入《やぶい》りの時ぐらいである。手は掛からなくなったというものの、修業中の身では小遣いもままならない。小遣いと絵の道具代、身の周りのものを工面してやるだけでも結構な金が掛かる。お文はそのために芸者稼業を続けているようなものだ。もう、大人なんだから、伊与太ちゃんのことは放っておきなさいまし、と女中のおふさは言う。その通りだと思うが、無心されると、拒否することができない。いや、伊与太は面と向かって無心などしない息子である。小遣いは足りているのか、ほしいものはないのかと訊《き》くのはお文である。

曖昧《あいまい》に応える伊与太に、お文は先回りして金を握らせているのだ。娘のお吉は伊三次の義兄が営む「梅床《うめどこ》」で女髪結いになるために、こちらも修業中の身である。とはいえ、お吉の場合は住み込みでなく通《かよ》いなのだ。毎日、朝めしを食べると梅床に向かう。そこで雑用をしながら髪結いの技《わざ》を覚えている。

子供達は大きくなったものだと、お文はしみじみ思うことがある。病《やまい》で命が危ぶまれることもあったが、何んとか死なせずに育てることができた。お文にとって、それが何より嬉しいことだ。世の中には子供を亡くす母親も多い。それを考えると、自分は倖せな母親だと、つくづく思う。

半鐘の音は止まない。日本橋の向こうの神田辺りで起きたものだろうか。火事が起きると、お文は決まって炎に包まれた家の光景が脳裏をよぎる。お文は二度、火事に遭《あ》っている。一度は深川の蛤町《はまぐりちょう》にいた頃だ。だが、あの時はお文も独《ひと》り身《み》で、自分の身の振り方を考えるだけでよかった。家も家財道具も焼かれたが、また買えばいいさと、さほど落ち込むことはなかったと思う。

その後、伊三次と所帯を持ち、日本橋の佐内町《さないちょう》の家に落ち着き、伊与太も生まれた。これから家族としての生活が続くと思えば、心底嬉しかったものだ。再び火事に遭うことなど、微塵も考えたことはなかった。

だが、再び火事は起きた。日本橋通南《とおりみなみ》一丁目、及び二丁目から東の本材木町《ほんざいもくちょう》一丁目、二丁目、三丁目に至る町が焼き尽くされてしまったのである。

夜半に起きた火事だった。火元はどこなのか、今でもはっきりとはわかっていない。二月の晦日《みそか》近くで、ひどく風の強い日だった。

「こんな日に火事が起きたら、大火になっちまう」

お文は漠然とした不安を覚えて伊三次に言った。

「全くだ」

と、伊三次も相槌を打ったが、お文ほど心配しているふうはなかった。あの夜も、お文は、すぐには眠れなかった。伊与太を寝かしつけながら風の音を聞いていた。春先の風は強いことが多いものだが、それにしても例年より激しいものに思われた。逆巻《さかま》くような風はひゅうひゅうと不気味な音を立てていた。

そして夜半に半鐘が鳴った。半鐘は次第に激しさを増し、擂《す》り半《ばん》に変わった。至近距離の火事を知らせるものだった。むくりと起き上がった伊三次が表戸を開けると、早くも風呂敷包みを背負った人々が足早に通りを逃げて行く。炎は見えなかったが、予断を許さない情況であることには間違いなかった。

「ここにいてはまずいかも知れねェ。とにかく、外に出よう」

「もう、火が来ているのかえ」

お文は確かめるように訊いた。

「いいや、まだだ」

「だったら……」

「いいから、さっさと身仕度しな」

有無《うむ》を言わせぬ表情で伊三次は命じた。

紙入れを帯に挟み、伊与太の当座の着替えを風呂敷に包むと、外から材木が倒れるような音がした。その時には町火消しの連中が鳶口《とびぐち》を使って、建物を壊《こわ》し始めていた。火事で焼けなくても家を壊されたら、どの道、焼けたと同じことだ。お文は火消し連中のやり方が不満だった。だが、誰に文句を言える訳でもない。伊与太を抱き上げ、風呂敷包みを摑んだ途端、奥の部屋の壁が崩れ、白い煙が入って来た。そっちから火事がやって来たのかと、お文はようやく事態が切羽詰まっていることを実感した。

五歳の伊与太は驚いて泣き喚《わめ》いた。それを宥《なだ》めながら表に出ようとした途端、上がり框《かまち》で躓《つまず》き、思わず風呂敷包みを取り落とした。

伊三次がお文と伊与太を抱え込むようにして外へ促《うなが》す。

「荷物が……」

「そんなもの、後《あと》だ」

伊三次は声を荒らげた。外に逃れると、伊三次は思い出したように中へ戻った。風呂敷包みを取りに行ってくれたものと思ったが、そうではなかった。伊三次が手にしていたのは自分の商売道具が入った台箱《だいばこ》だった。

ついでに風呂敷包みも持って来てくれたらいいものを、とお文は不満だった。お文も家の中に入ろうとしたが、火消し連中がやって来て、ここは危ないから離れた場所に移ってくれと言った。

仕方なく伊与太を抱えて本材木町の通りに出ると、家財道具を大八車《だいはちぐるま》に積んで逃げる者やら、見物する野次馬やらで、通りはごった返していた。振り向くと、そこから西の空が炎で赤く染まっていた。

三人は海賊橋《かいぞくばし》まで逃げたが、そこも人でいっぱいだった。八丁堀の坂本町《さかもとちょう》まで行き、蕎麦屋の軒下に立っていると、見世《みせ》の女房が中にお入り、と親切に言ってくれた。小上がりに座り、伊与太の涙を拭《ぬぐ》っていた頃には、ようやくお文の気持ちも落ち着いていた。

伊三次は台箱をお文に預けると、様子を見に出て行った。

蕎麦屋の女房がどてらを貸してくれたので、それを伊与太に掛けた。伊与太はどてらにくるまって眠った。

風は夜明け近くに収まり、それと同時に火事も消えたようだ。戻って来た伊三次は、すっかり焼けちまった、とぽつりと言った。

「皆んな、焼けちまったのかえ」

お文は確かめるように訊いた。ああ、と応え、伊三次は、ふんと皮肉な笑みを洩らした。

「見に行くよ」

　お文はすぐに言った。

「見てどうする」

「どうするって、家が焼けたのなら確かめるのが普通じゃないか。見てもしょうがないなんて、誰も思わないよ」

　お文の言葉に伊三次は、ひょいと眉を持ち上げたが、それ以上は言わなかった。

　蕎麦屋の女房に礼を言って、三人は外に出た。蕎麦屋の女房は、くよくよしないで、がんばりなさいよ、と優しく言葉を掛けてくれた。

　伊三次に無理を言って佐内町の家を見に来たお文だったが、骨組だけ残してきれいさっぱり焼けた家を見ると、いっきに力が抜けた。

　顔見知《か》りからの火事見舞いの言葉も、お文は上《うわ》の空で聞いていた。たったひと晩で、何も彼も失くしてしまった。家族が無事で何よりだ、などと鷹揚《おうよう》には考えられなかった。

　あの時、見習い同心をしていた不破龍之進《ふわりゅうのしん》がいち早く駆けつけて来てくれた。定廻《じょうまわ》り同心の不破友之進《とものしん》の息子だ。

「伊三次さん……」

　龍之進はそう言ったきり、言葉に窮した。

龍之進の眼が赤く潤んでいた。

「若旦那、何もおっしゃらなくてよござんす。皆、焼けちまいやしたが、これだけは残りやした」

伊三次は傍に置いた台箱を眼で促しながら言った。

「よかったですね」

龍之進は涙を堪《こら》えながら応えた。伊三次は笑顔になって、これから若旦那の頭を結い直しやしょう、と気丈に言った。龍之進の表情が歪《ゆが》み、腕を眼に押し当てて嗚咽《おえつ》を洩らした。

不破はよい息子を持ったと、お文は思った。

他人の不幸にお愛想ではなく心底同情できるのだから。お文に湧き出た涙は、悲しみのゆえではなかった。龍之進の気持ちがありがたい嬉し涙だった。

二

それからのことは、お文はよく覚えていない。と言うより、思い出したくもなかった。ただもう金を稼《かせ》ぐことばかりに夢中で、芸者としての見栄《みえ》も外聞《がいぶん》もお文は忘れていた。あの頃の自分を振り返ると、恥ずかしさで悲鳴が出る。それもこれも息子の伊与太を干乾《ひぼ》しにしたくないためだったが、決して褒《ほ》められることではなかった。

「わっちは火事に遭って、着物も帯も焼いてしまったんですよう。ほら、この衣裳だって前田《まえだ》のお内儀《かみ》さんの借り着というありさま。同情して下さるんなら、旦那、せいぜい、お花を弾《はず》んで下っし」

媚《こ》びた眼で客に縋《すが》っていた。他の芸者達が眉を顰《ひそ》めてもお文は頓着《とんちゃく》しなかった。それほど必死だった。西河岸町《にしがしちょう》にある芸妓屋《げいぎや》「前田」も塀と座敷を幾らか壊されたが、寝泊まりする分には、さほど影響はなかった。と言っても、見世に客を呼ぶことはできず、修繕が終わるまで表向きは休業状態だった。しかし、抱える芸者衆を遊ばせている訳には行かない。芸者衆も料理茶屋から声が掛かれば、祝儀の中身に関わらず、出かけて行った。前田のお内儀のおこうはお文に大いに同情を寄せ、しばらくの間は伊与太と一緒に前田で暮らすようにと言ってくれた。

伊三次は梅床で当分の間、厄介になるつもりだったが、梅床は広い家ではない。住み込みの職人もいるので落ち着かなかった。ひとまず、伊三次だけ世話になり、お文と伊与太は前田に身を寄せることとなったのだ。家族が離ればなれで暮らすのは辛いが、文句を言ってる場合ではなかった。

前田の抱え芸者達は伊与太を可愛がってくれた。お文にお座敷が掛かり、他の芸者も出払って、誰も面倒を見る者がいないと、おこうは伊与太をおぶい紐《ひも》で背負って帰りを待っていてくれた。本当に周りに世話になったと思う。心底ありがたいとも思っていたが、それとは別に、お文は金のない惨《みじ》めさをつくづく感じていたものだ。

金がなけりゃ、親でもばかにする、と誰かが言った言葉が始終思い出されて困った。

夢中で働いてひと月、ふた月が過ぎた頃、お文は体調の変化に気づいた。月のものが来なかった。こんな時に、とお文は天を恨みたい気持ちだった。人の倍も稼いで、早く親子三人の暮らしに戻らなければならないのに、何んということだろう。火事騒ぎの最中に呑気に子胤《こだね》を仕込んでいたと思われるのも癪《しゃく》だった。おこうには、しばらく内緒にしていたが、この先、どうしたらいいものかとお文は悩んだ。

そんな時に、あの人と出会ったのだ。いや、正確にはあの人の息子が先だった。「樽三《たるさぶ》」という日本橋の呉服橋御門外《ごふくばしごもんそと》にある有名な料理茶屋で宴会が開かれたことがあった。客はご公儀の役人で、およそ三十人も集まっただろうか。

その中に二十五、六の若者がいた。若者は妻を娶《めと》ったばかりで、そのことで周りの者に下卑《げび》た冗談でからかわれていた。

痩せて、細い首には喉仏が突き出ているように見えた。赤い面皰《にきび》もぽつぽつとあり、女房持ちにはとても思えなかった。酒もさほど強くなく、宴会が始まって半刻《はんとき》（約一時間）ほど経《た》った頃、気分が悪くなったようで、お文に厠《かわや》の場所を訊《たず》ねた。

お文は二階の座敷から階下の厠に案内した。

厠の中で吐き戻している様子もあり、お文は心配になって、お武家様、大丈夫でござんすか、と訊いた。

「大丈夫でござる」

そう応えたが、苦しそうだった。ようやく厠の杉戸《すぎど》を開けて男は出て来たが、顔色は青ざめていた。

お文は宴会の座敷へ戻る前に、樽三の内所《ないしょ》（経営者の居室）へ促し、少し休んで貰おうと思った。

樽三のお内儀はおこうと同じような年頃で、快く内所に招じ入れてくれた。お文が茶を淹れ始めると、ちょうどよかった、ちょいとお客様へご挨拶をして来るから、お留守番、お願いね、と言って内所を出て行った。

「ささ、お茶を召し上がって下さいまし。少しはご気分がよくなると思いますよ」

お文は茶の入った湯呑を差し出して言った。

「かたじけない」

男はこくりと頭を下げて礼を言った。

「ご酒《しゅ》が過ぎましたでしょうか」

「いえ、拙者はそれほど飲んでおらぬ。それよりも妻のことでからかわれるのがこたえた」

男は低い声で応えた。

「お気の毒に。でもまあ、あまりお気になさらずに。ご酒が入ると殿方はつい、そちらのお話をなさる方が多いものですよ」

「役人とは厄介なものでござる。普段は務めの失態を演じまいと気を張っているせいか、酒の席になると、俄《にわか》に豹変《ひょうへん》致す」

「まあ、豹変でござんすか。お武家様はおもしろい言葉をご存じで」

お文は愉快そうに笑った。釣《つ》られて若者も笑う。

「拙者は祝言を挙げましたが、まだ妻とはそれほど打ち解けてはおらぬ。あの連中はそれも知らず、勝手なことばかり言う。いい加減、うんざりする」

「お気持ち、よくわかりますよ」

「だいたい妻も、拙者に笑顔を向けたことがない。いつも仏頂面《ぶっちょうづら》で」

その内に男は妻への不満を洩らし始めた。

「それは奥様も気を張っていらっしゃるからですよ」

「妻が気を張っているとな？」

男は怪訝《けげん》そうにお文を見た。よく見ると整った顔をしている。一重瞼《ひとえまぶた》の眼は涼しげだし、鼻も高い。痩せた身体には紋付羽織と袴《はかま》が、大き過ぎるように思われた。

「ええ。お武家様のお家に輿入《こしい》れなさり、何も彼《か》もご実家にいた頃とは勝手が違う。一度や二度顔を見ただけの方と祝言を挙げ、さて、これから一生を共にする夫だと言われても、なかなか気持ちがついて行きませんよ」

「わかったようなことを言う」

男は音を立てて茶を飲むと不愉快そうな顔になった。

「違っていましたでしょうか」

お文は恐るおそる訊いた。

「いや、お前の言う通りだ。お前は……まだ名前を聞いていないが」

「桃太郎《ももたろう》と申します。以後、お見知り置きを」

お文はそこでにこりと笑った。その頃のお文は桃太郎でお座敷に出ていた。

「お武家様のお名前も伺ってよろしいでしょうか」

少し表情が和《やわ》らいだ男に、お文は続けた。

「うむ。拙者は海野秀之進《うんのひでのしん》と申す。ご公儀の勘定所に務めておる」

「海野様……」

その名にお文は覚えがあった。顔も知らない実の父親の名も海野だった。海野要之助《ようのすけ》。幕府の御側衆《おそばしゅう》から奏者番《そうしゃばん》に出世したという。もしかして、目の前の男はその息子であるまいか。

だが、お文は詮索するようなことを言わなかった。秀之進に不信の念を抱かせるだけだ。

「妻と夫婦らしくなるには、どうしたらいいものかの。いや、こんなことを芸者のお前に話しても仕方がないが」

秀之進の気持ちが微笑ましかった。

「海野様は、奥様がお嫌いではないのですね」

「当たり前だ。わが家に輿入れした妻である。嫌いと申しては無礼であろう」

「共に暮らす年月が長くなれば、自然にご夫婦らしくなると思いますよ。でもまあ、それは言葉のあやで、そうですね、毎朝、お目覚《めざ》めになりましたら、奥様にお早《はよ》うと気軽なご挨拶をなされば、奥様もお喜びになるのではないでしょうか」

「お早う、か」

「ええ。お早う、よく眠れたかな、などと」

「なるほど」

ひどく感心した様子が可笑《おか》しかった。

「うまく行くかどうかわからぬが、さっそく実行してみる。いや、思わぬところで人生相談をしてしまった」

「人生相談とは大袈裟ですよ」

「桃太郎と言ったな。覚えておく。さて、そろそろ座敷に戻るとするか」

秀之進は幾らか気分がよくなった様子で笑顔になった。先に秀之進を座敷に戻し、お文は樽三のお内儀が内所に来てから自分も座敷に向かった。

また再び、お座敷で顔を合わせることがあれば、首尾は、いかがかと訊《たず》ねてみたいと思った。

それ切り、お文は海野秀之進のことを半ば忘れていた。再び、その名を聞いたのは務めを致仕《ちし》（役職を辞めること）した隠居連中が集まる句会だった。場所もやはり樽三だった。

隠居と言っても現役の頃は錚々《そうそう》たる役職に就いていた者ばかりで、着ている物や履き物、金の遣い方も、並の年寄りとは違っていた。

句会はそれぞれに俳句を詠《よ》み、作者の名を知らせずに皆に批評を仰《あお》ぎ、いっとうよい句を詠んだ者を選ぶという趣向で、特に俳句の師匠を呼ぶこともなく、仲間内で楽しむための会だった。句会の時は茶と菓子だけが供《きょう》され、終わって会食となった時は芸者衆も呼ばれて賑やかになる。

とはいえ、酒で乱れる者もいないので、お文にとっても、そのお座敷は気持ちのよいものだった。

二十人ほど集まった客は半分ずつ、向かい合って座り、それぞれの前には二の膳つきの豪華な料理が並んだ。おおかたはすべて平らげることができず、刺身や酢の物など、持って帰られないものだけに箸をつけ、口取りや塩鯛の焼き物などは折《おり》に詰めて持ち帰るのだ。

「時に、おぬしの倅《せがれ》はまだ子ができる兆《きざ》しはござらぬか」

お文が酌をしていた客が向かいの真ん中辺りに座っていた客に声を掛けた。

「倅は祝言を挙げて間もない。すぐに子供などできるものか」

相手の男は縞《しま》の着物に紋付羽織を羽織った恰好で苦笑交じりに応えた。

「そうは言っても、おぬしは六十を過ぎたではないか。早くせねば孫の顔も拝めぬ」

こちらの男はお節介なことを言った。

「ほう、要左《ようざ》には、まだ孫がおらなんだか」

別の客から怪訝そうな声が上がった。

「こやつは惚れたおなごが忘れられず、独り身でいたのが長いゆえ、跡継ぎの倅ができたのも我らより十年も遅いのだ」

こちらの男は訳知り顔で言う。相手の男はそれに対して何も応えず、羽織の袖から手巾《しゅきん》を出し、ごほっと湿った咳《せき》をした。座敷が寒いのだろうかとお文は心配した。

「ご隠居様、お寒いですか」

そっと声を掛けると、なに、寒くはない、と応える。それでもお文は座敷の隅にあった手焙《てあぶ》りの火鉢を男の傍に置いた。かたじけない、と礼を言ったが、笑顔はなく、気難しい表情だった。長く役人をしていれば、そういう表情がすっかり身についてしまうものかと、お文はさほど頓着《とんちゃく》しなかったが、そんな男に若い頃の恋の話はそぐわないとも感じた。

「こやつはおなごのために武家を捨てる覚悟だった」

得意そうに続ける男に、やめんか、七右衛門《しちえもん》、と相手の男は制した。どうやら二人は若い頃からの友人同士らしかった。そうでなければ、ずけずけと過去のことを語れる訳がない。

「しかし、要左の兄上は病で亡くなっている。要左はお家のためにおなごを諦めて家督《かとく》を継《つ》いだという訳か」

別の客が気の毒そうに言った。

「その通り」

と、こちらの男は猪口《ちょこ》の酒をきゅっと飲んで肯《うなず》いた。それから、要左は三男坊だったが、次男は養子に行っている、跡取りだった長男は病を得ると要左に家を継がせたいと考えた、などと詳しい話が続いた。

「昔の話だ。もうそのぐらいでいいだろう」

相手の男はそう言ったが、近頃は持病のことやら、同じ年頃の男達が次々と身まかる話やら、孫の話ばかりなので、昔のこととはいえ、色っぽい話題に一同は新鮮なものを感じている様子だった。

「嫁にできなかったのか？」

と、また別の席から疑問の声が上がった。

「相手のおなごは商家のひとり娘で、どの道、一緒になるのは無理な縁だった。したが、若さというものは厄介なものでの、こやつは駆け落ちの真似事までしたのだぞ。二人で暮らしたのはひと月だったか、ふた月だったか？」

こちらの男は構わず訊く。み月、とぶっきらぼうに相手の男は応える。どういう意味か拍手が起きた。ふん、と相手の男は苦笑した。連れ戻されて間もなく、兄は安心したように亡くなったという。男には他家と養子縁組の話もあったので、恋仲だった娘は男がそれから養子に行ったものと思っているらしい。

やがて、若い芸者が唄と舞を披露することになり、相手の男の話はようやく仕舞いになった。ほっとした男も手拍子を取る。相変わらず、気難しい表情だったが。

お文は男の傍に座り、酌をしたが、男はあまりお文の顔を見ない。照れ屋なのかも知れなかった。しかし、何度か酌をする内、男はお文の顔を見るようになった。

「幾つだ」

唐突に訊いた。

「幾つに見えますか」

お文は笑顔で訊き返す。男は鼻白んだ顔になった。応えるのが面倒臭いと思ったようだ。

芸者に年を訊くのは野暮というものである。

それに、女の年は難しい。本当の年より多く言えば、臍《へそ》を曲げられるし、あまり若く言うのもお世辞になる。

「親御《おやご》は息災にしておるのか」

男は話題を変えた。

「さあ……」

「親御と行《ゆ》き来《き》しておらんのか」

不思議そうに訊く。芸者の身の上話を訊くのも愚《ぐ》の骨頂《こっちょう》だ。年は取っていても芸者を呼ぶ宴会に慣れていないのかとも思った。

「ご隠居様、わっちは生まれてすぐに養女に出されたので、実の親のことは知らないいんですよ。育ての親はとうに亡くなりましたが。どうしてそんなことをお訊ねになるんですか」

「昔の知り合いによく似ているので、もしや、その娘ではあるまいかと、ふと思ったのだ」

「ご隠居様がお好きだった方ですか？」

お文の問い掛けに返事をしなかったのは図星だったのだろうか。

「名前は何んという」

お座敷で本名を訊くつもりだろうか。それだけは勘弁して貰いたかった。

「桃太郎でござんす」

お文は上目遣いに男を見ながら応える。こくりと肯いたが、やはり、男の求めていたものではなかったようだ。しかし、何かを思い出すような表情で、桃太郎……はて、聞いたことのある権兵衛名《ごんべえな》（源氏名）だ、と言う。

「お伽話《とぎばなし》にございますよ。桃から生まれた桃太郎！」

お文はひょうきんな顔で言った。

「いや、そうではなくて……」

男はつかの間、人差し指と親指で顎《あご》を摑み、思案した。目尻に皺《しわ》があり、こめかみの辺りに茶色のシミはあるが、存外に整った顔立ちである。若い頃はさぞ、美形の若者だったことだろう。

「おお、思い出した。倅がこの間、この見世で宴会があった時、親切にしてくれた芸者が桃太郎だった。そうか、あんたか」

そう言われても、すぐにはピンと来なかった。

「どなたのことでしょうか」

「勘定方の海野秀之進という者だ」

「………」

お文は言葉に窮した。さっきの男の話と一緒に考えると、いっきに霧が晴れる思いがしたが、同時に、ざわざわした悪感のようなものも感じた。お文は、いつか巡り会いたいと思っていた人物を、まさに目の前にしているのだろうか。自然、胸の動悸《どうき》が高くなった。

「海野様でしたか」

「うむ」

「下のお名前も伺ってよろしいでしょうか」

同じ問い掛けを秀之進にもしたことを、お文は俄に思い出した。

「要左衛門《ようざえもん》だ」

「昔から要左衛門様だったのですか」

「いや、家督を継いだ時に改名した。元の名は要之助だ」

「………」

「何か心当たりでもあるか」

「いいえ。よいお名前だと思っただけですよ」

「世辞のよい」

男はそう言って、皮肉に見える微笑を洩らした。

「ご子息はその後、若奥様となかよくなさっておいでですか」

「まあまあだ」

「それはようございました。ご祝言を挙げたばかりでしたので、お仲間に大層からかわれておいでで、お気の毒でした」

「さようか。まあ、そういうことはよくあることだ。倅は肝っ玉の小さい男で、つまらないことをくよくよ悩む質《たち》だ。桃太郎が何んぞ助言してくれたのなら、わしからも礼を言うぞ」

「とんでもない。お礼を言われるようなことは何もしておりません。ご子息と若奥様が仲睦《なかむつ》まじくなさっておられるのなら、何よりでございますよ」

お文は笑って応えた。海野要左衛門との話はそれで終わった。宴会がお開きとなり、一同はそれぞれ、駕籠《かご》に乗って帰って行ったが、帰りしな、お文は要左衛門から懐紙《かいし》に包んだ祝儀を渡された。後で開くと一分（一両の四分の一）も入っていた。それは秀之進に助言した礼にしては額が大きかった。その時のお文には涙が出るほど嬉しかったが、同時に要左衛門は何かを感じて自分に祝儀を弾《はず》んでくれたものだろうかとも疑問が湧いた。

三

実の父の名前が海野要之助だということをお文はいつ知ったのだろうか。お文は思い出そうとしたが、埒《らち》が明かなかった。だいたい、実の母親にも名乗りを上げてはいない。そっと近くで見ただけだ。ただ、実の母親のことは養母からそれとなく知らされていた。ずっと昔、実の母親は寿命を察すると、手離した娘の行方を派手に捜《さが》そうとしたことがあった。読売《よみう》り（瓦版）にも広告を出したので、神田《かんだ》須田町《すだちょう》の呉服屋「美濃屋《みのや》」の前には、訳ありの娘達が列をなした。これほど母親とはぐれた娘がいたのかと最初は驚いたものだが、中にはあわよくば小遣い銭でも手に入れようと企《たくら》む輩《やから》も交じっていた。そのあさましさにお文は白けた。

母親は自分の娘ならひと目見ればわかると豪語していた。お文は、娘達の列には加わらなかったが、すぐ近くで母親の顔を見る機会があった。母親はお文を娘とは気づかなかった。無理もない。産んですぐに手離した娘である。お文は意気消沈したが、これでいいのだと思い直した。今さら親子の対面をしたところで何んとしよう。時間が経ち過ぎていた。名乗りを上げれば母親は安心するだろうが、母親には連れ合いもいれば子供もいる。その者達が穏やかな気持ちで迎えるはずがない。お文はその時、胸の内で母親との縁を切った。

だから、父親の名前は知るはずがないのだが、お文は知っていた。なぜだろう。母親が夢枕に立ち、知らせてくれたのだろうか。まさか。

海野要左衛門は母親と違い、お文の面差しに何かを感じたのかも知れない。それが一分のご祝儀となったのか。考えても考えてもお文にはわからなかった。

しかし、それ以後も要左衛門はお文を気にしていたようで、樽三のお内儀に何かとお文のことを訊ねていたらしい。それは前田のおこうが話していた。

「海野様というお人は知り合いかえ」

おこうも怪訝そうに訊いた。伊与太はすっかりおこうになつき、お文よりもおこうの膝に座っていることが多かった。芸妓屋の内所の様子が珍しく、近頃は壁に飾ってある三味線を指差し、あれは誰のもの、と訊く。おこうはその度に、あれは花扇《かせん》の、あれは梅奴《うめやっこ》の、と丁寧に教えていた。そればかりでなく、神棚は誰のもの、長火鉢は誰のものと、いちいち訊く。そして最後に伊与太のはどれ、と訊いた。火事で何も彼もなくしたことは子供心にもわかっているようで、自分のものがないことが寂しいのだろう。伊与太の気持ちを考えるとお文は切なかった。早く、元の暮らしに、親子三人の暮らしに、と心は焦《あせ》る。

しかし、所帯を持ち直すのは、そう簡単に行くことではない。本当に親子三人の暮らしを取り戻したのは、火事から半年近くも経った頃だった。それでも人より早かったのではなかろうか。それはあの人が、海野要左衛門が何かとお文を引き立ててくれたせいもあった。

要左衛門は樽三のお内儀の話から、お文が火事に遭って家を焼かれてしまったと知ったようだ。亭主は廻り髪結いで、五歳になる息子がいて、今はその息子を連れて前田に身を寄せていることも。

前田にお文の着物と帯、伊与太にはおもちゃが届いた時、お文よりもおこうが大層驚いていた。

「桃太郎。お前、上客を摑んだんじゃないか」

おこうは感歎《かんたん》の声を上げた。

「年寄りの気まぐれですよ」

「そんな、気まぐれなんて言っちゃ、罰が当たる。海野様とおっしゃったかえ？　大事にするんだよ。運が巡って来たのかも知れないよ。ああ、ありがたい、ありがたい」

おこうはそう言って、神棚に掌《て》を合わせた。

「小母《おば》ちゃん、これ、誰の？」

伊与太はおもちゃの箱を開けて訊ねる。中にはかるただの、双六《すごろく》だの、凧《たこ》や独楽《こま》だのが入っていた。伊与太が退屈しないようにと要左衛門は考えてくれたのだろう。

「それはね……」

おこうはもったいをつける。不安そうな伊与太の顔が可笑しかった。

「伊与太の！」

おこうがそう言うと、伊与太はきゃあ、きゃあ、と悲鳴のような歓声を上げた。


それから間もなく、お文は要左衛門に呼び出された。要左衛門は樽三のお内儀に頼み、小部屋を用意させたという。着物と帯、それに伊与太のおもちゃのお礼をしなければならなかったが、それよりも要左衛門が何んの話をするのか気になった。お文の出自を詳しく訊ね、もしやお文が美濃屋のお内儀と自分との間に生まれた娘ではないかと疑っているのかも知れない。それに対して、お文はうまい返答ができるかどうか自信がなかった。

実の母親同様、要左衛門にも妻子がいる。

お文が名乗りを上げたことで家の中に波風が立つことがいやだった。お文は、小娘ではない。亭主がいれば子供もいる。もはや親は必要なかった。いや、とっくの昔から親など当てにせずに自分の力で生きて来たのだ。

だが、お文は実の親のことを知っている。

それは心の隅にそっと置いている秘密の宝箱のようなものだった。大店《おおだな》の呉服屋の娘と武家の息子が互いに惹《ひ》かれ合い、僅かの間ながら暮らしたこともあるという。お互いの家の都合で引き剝《は》がされたが、二人はそれからも相手のことをそっと思い続けていたのだ。

そんな純な二人の間に生まれたのが自分なら、親を恨む気持ちにはなれない。いや、それはお文も人並に親となったから思える気持ちかも知れない。十代の頃に実の親に会ったとしたら、どうしてわっちを捨てた、と破れかぶれの悪態《あくたい》のひとつもついていただろう。

今は、そんなことはしない。しないけれど、何気ないふうを装うことも難しかった。最屓《ひいき》の客から着物や帯を進呈されるのは芸者なら珍しいことでもない。それでなくても何も彼も火事で焼かれ、借り着でお座敷に出ているお文にはありがたいことだった。

要左衛門は、夜ではなく昼刻《ひるどき》の時間を指定した。夜のお座敷が掛かることを気にして、その時刻にしたのかも知れない。

お文は進呈された着物と帯を身につけ、樽三に向かった。

要左衛門は離れの小部屋で待っていた。六畳ほどの部屋で、障子を開けると庭が見える。

その庭には小さな池を設《しつら》え、錦鯉が泳いでいた。

季節は初夏に入り、渡り廊下を進んで行くと、要左衛門が濡《ぬ》れ縁《えん》に立って、鯉を眺めている姿が眼に入った。単衣《ひとえ》の着物に薄物仕立ての黒の羽織を重ね、涼しげな装いだった。

年の割に髪の毛も多く、背筋が伸びた姿も好ましかった。ああ、これが父親かと思えば、込み上げるものもあったが、お文は唇を嚙み締め、淡い思慕を振り払った。

「お待たせ致しました。桃太郎でござんす」

お文は要左衛門から少し離れた場所に着物の裾を捌《さば》いて座り、三つ指を突いた。

「おお、忙しいのによく来てくれたね」

句会で見せた表情とは違い、柔和な笑顔を見せた。

「着物と帯、それに息子におもちゃをいただき、本当にありがとう存じます」

「なになに。倅は喜んでいたかね。何しろ、周りに小さい子供がいないので、何を選んでよいのかわからなかったもんでね」

「息子は大喜びでございました」

「そうかい、それはよかった。どれ、立ってごらん。美濃屋の番頭によさそうなものを見繕ってくれと頼んだのだが、あんたが気に入ったかどうか心配していたんだよ」

「では、この着物と帯は美濃屋さんで誂《あつら》えたものなのですか」

お文は驚き、改めて薄紫色に萩《はぎ》の花の柄《がら》が入っている着物を見直した。帯は黒地にびっしりと刺繡が施《ほどこ》されたものだった。

「ああ、帯が少し重かったかね。帯締めの翡翠色《ひすいいろ》とは合っているが」

　要左衛門は、そんな感想を洩らす。

「いえ、この帯は他の着物にも合いますので、わっちは大助かりですよ。何しろ、手持ちのものを火事ですべて焼いてしまったもので」

「そうだってねえ」

　言いながら要左衛門は座敷に促す。座敷には膳が用意され、口取りや焼き魚、酢の物の小鉢が並んでいた。お文は銚子を取り上げ、さっそく酌をした。

「美濃屋の名を出した時、あんたは少し驚いていたようだが、あすこのお内儀のことは知っていたのかね」

　要左衛門は探るように訊いた。

「美濃屋さんは大店ですから、わっちらのような商売をしている者は皆、知っておりますよ」

「わっちら……」

　要左衛門はお文の言い方をおもしろがった。

「可笑しいですか」

「いや、日本橋の芸者衆で、自分のことをわっちなんぞと言う者はいないので、ちょっとおもしろいと思ったんだよ」

「わっちは元々、深川で芸者をしていたので、そこらあたりは違っているのかも知れませんね」

「羽織だったのかい。どうりで気風《きっぷ》がいいと思った」

要左衛門は納得したように肯《うなず》く。深川芸者は羽織を身に纏《まと》うことが多いので羽織とも呼ばれる。

「どれ、あんたもひとつ」

要左衛門は杯洗《はいせん》で猪口を濯《すす》ぐと、お文に勧めた。

「畏れ入ります」

ひょいと頭を下げると、酒は強そうだね、と悪戯《いたずら》っぽい顔で言った。

「ええ、まあ。でも、わっちの亭主は全くの下戸《げこ》なんですよ」

「それはいい」

要左衛門は愉快そうに笑った。だが、すぐに真顔に戻ると「もう何年前になるだろうか。美濃屋のお内儀が鳴り物入りで娘捜しをしたことがあった。それは風の噂で知っていたよ」と、低い声で言った。お文は黙って話を聞いた。何んと応えていいか、わからなかったせいもある。

「何をしているんだと、初めは妙な気持ちがしていたものだが、その内に、もしやおりうがわしと別れた時、身ごもっていたのではないかという考えが頭をもたげた。おりうは美濃屋のひとり娘だったから、見世を継ぐためには婿《むこ》を取らなければならない。そこに子供がいては差し障《さわ》りもあろうというものだ。産んですぐに手離すことは十分に考えられる。それはわしにも責任のあることゆえ、知らぬ顔はできぬと思った。それで家の若い者に、それとなく事情を探らせたのよ」

おりうとは美濃屋のお内儀の名前だった。その名を聞くのも久しぶりのことだった。

「それで何かわかりましたか」

お文は猪口を返して酌をした。

「やはり、その娘というのは、婿を取る前におりうが産み、世間体を気にした父親がよそに養女に出したらしい。わかったのはそこまでで、目当ての娘はとうとう見つからなかった。しかし、当時は美濃屋の前に娘達が行列を作り、我こそがその娘だと訴えていたそうだ」

「……………」

「あんたは美濃屋には行かなかったのかね」

「どうしてわっちが」

「育ての親やら、仲介した取り上げ婆ァからでも事情は知れると思うがね」

「ご冗談を。わっちが美濃屋のお内儀さんの娘なはずがありませんよ」

そう応えたのは、自分でも上出来だと思った。しかし、要左衛門は納得したふうもなかった。

「ご隠居様。もしや、わっちが美濃屋のお内儀さんとの間に生まれた娘と思っていらっしゃるのですか。それは勘違いというものですよ」

お文は先回りして言った。色々回りくどく訊ねられることにいらいらして来たせいもあった。

「勘違いかね。しかし、あんたは若い頃のおりうにそっくりだよ。その眼も、口許も、顎の線も」

「他人の空似でござんしょう」

「まあ、性格は違うがね。おりうは優しいもの言いをする女だった。ところがあんたは、ちゃきちゃきと喋る。誰に似たものやら」

それは自分に似ていると要左衛門は言いたかったのだろうか。

「ご隠居様。もしもわっちがご隠居様の娘だとしたら、どうなさるおつもりでした？」

お文は試すように訊いた。そうでも言わなければ話の接《つ》ぎ穂《ほ》に困るというものだ。

「今まで放っておいた詫《わ》びのつもりで、あんたの力になりたい」

「……」

そうだ、その通り、わっちはあんたと美濃屋のお内儀さんとの間に生まれた娘だ、と叫びたい衝動を辛うじてお文は堪えた。それは多分、大人の分別だ。それを言ったために様々な問題が起こることは予想できた。要左衛門は男だから、そこまで思いが及ばない。身から出た錆《さび》よ、ぐらいで笑って済ませるが、奥方は平静ではいられまい。心を痛めるはずだ。それから、要左衛門の息子だ。秀之進は芸者の姉がいると知ったら何んと思うだろうか。

それを考えれば滅多なことは言えなかった。

「わしは、あんたが美濃屋になぜ行かなかったのか腑《ふ》に落ちないのだよ。たとい、娘じゃないとしても、ちょいと事情を聞いてみたいと思うはずだよ。生まれてすぐに養女に出されたとすればなおさらだ」

「美濃屋さんの前にはご隠居様がおっしゃった通り、行列ができておりましたよ。当時、うちにいた女中まで、ちゃっかり列に並んでいたんですから。後で何をしていると、こっぴどく叱ってやりましたよ。あわよくば小遣い銭でもせしめる魂胆だったんですよ。うちの女中に限らず、並んでいる娘達は、おおかたは同じ了簡《りょうけん》をしている者ばかりで、わっちはつくづく嫌気《いやけ》が差しましたよ。でもね、美濃屋のお内儀さんは心《しん》ノ臓《ぞう》の病を抱えていて、先がないことを察していたんですね。気懸りは手離した娘のことだけ。だからあれほど派手に娘を捜したんですよ。思いは届かず、とうとうお内儀さんは亡くなってしまいましたが」

「会いに行けばよかったと後悔しているのかね」

「さあ、今となっては何んとも申し上げられませんよ。行列の娘達と同じ了簡をしていると思われるのがいやだっただけですよ。ばかな見栄と言われりゃ、そうとも言えますけど」

「なるほど。あんたの気持ちはよくわかった。あんたは恥というものを知っている。心ばえは、まるで武家の女だ」

「褒《ほ》めて下さるんですか」

「ああ」

「ありがとう存じます。ご隠居様はこの着物と帯を美濃屋さんで誂えたとおっしゃいましたが、お内儀さんとお別れなすった後も美濃屋さんとのおつき合いはなさっていたのですか」

「いや、おりうが亡くなった時、花と香典を届けさせた。美濃屋を使うようになったのは、その後のことだ。だから、わしとおりうのことを知っていたのは古い番頭ぐらいのものだ。その番頭も亡くなり、今は事情を知る者は誰もいない」

「ご隠居様も娘さんのことが気懸りで、わっちにお声を掛けて下さったのですね」

「あんたがわしの前に現れたのはおりうの導きとも思えたのでね」

「お気持ちは嬉しいですけど、わっちはご隠居様の娘じゃござんせんよ」

そう言ったお文に要左衛門は返事をしなかった。

「お役に立てずに申し訳ありません」

お文は殊勝に頭を下げた。

「わかった。もうこの話は仕舞いにしよう。しかし、あんたに会ったのも何かの縁だ。わしはあんたを少しでも喜ばせたいのだよ。あんたは今、何が望みだ」

「わっちの望みでござんすか。そうですねえ、早く親子三人、水入らずで暮らしたいものですよ」

お文は遠い所を眺めるような眼つきで応えた。そんな簡単なことが、その時のお文には難しかった。

「家かね」

「そうですね。家を探すのが先でしょうね。わっちの亭主は、あちこちにつてを求めて、一生懸命探していると思いますよ。でも、一軒家となったら、家賃も高直《こうじき》なので、どうしたものかと悩んでいるんですよ」

「焼けた家も一軒家だったのだろう？」

「ええ」

「だったら、これまでと、そう変わらないと思うがね」

「わっちは、もうすぐお座敷を休まなければならないんですよ」

お文の声にため息が交じる。

「病でも見つかったのかね」

要左衛門は心配そうな表情になった。

「いえ……そのう、どうやら身ごもったらしいのですよ」

そう言ったお文の頬が赤くなった。要左衛門はまじまじとお文を見つめ、それから弾《はじ》けるような笑い声を立てた。

「いや、それはめでたい。ひとりっ子じゃ寂しいから、倅も喜ぶことだろう」

「でも、こんな時に身ごもるなんて、つくづく間《ま》が悪いと思っているんですよ。家の中が落ち着いた頃なら素直に喜べるのでしょうが」

「子供は授《さず》かりものだ。都合よく時と場所を選んで生まれるものじゃない。母親がそんな気持ちでいると知ったら、生まれる子供が可哀想だ」

「ええ。それはわかっております」

「どれ、そういうことなら……」

要左衛門は羽織の袂《たもと》を探り、中から白い紙に包まれたものを出した。切り餅だ。形が似ているのでそう呼ばれるが、中身は餅ではなく、一分銀百枚（二十五両）が入っている。

「これを遣いなさい。子供も生まれることだし、少しは足しになるだろう」

「こんな大金、受け取れません」

お文はすぐに言った。

「意地を張るんじゃない。困った時は素直に人の好意に甘えていいのだよ」

要左衛門は逡巡《しゅんじゅん》するお文に、無理やり切り餅を握らせ、鷹揚な顔で笑った。

四

それから二、三日して、伊三次が前田にやって来ると、ようやく家が見つかったと言った。佐内町には伊三次の得意客の一人である箸屋《はしや》「翁屋《おきなや》」の主《あるじ》とその家族、奉公人が住んでいた。翁屋もあの火事で罹災し、しばらくは向島《むこうじま》の寮（別荘）に避難していたが、どこよりも早く家と細工場《さいくば》の普請《ふしん》に入っていた。

ちょうど普請現場を通り掛かった伊三次は工事の様子を見に来た翁屋八兵衛《はちべえ》と会ったという。互いの無事を喜び合った後に、八兵衛は、今どうしていると、伊三次の事情を訊いた。女房子供と離ればなれに住んでいると知ると、八丁堀の玉子屋《たまごや》新道《しんみち》に古い家があって、そこが空いているので入る気はないかと言ったそうだ。

八兵衛は箸屋が本業だが、商売に儲《もう》けが出ると、土地と家を買い集め、それがかなりの数に上っていた。玉子屋新道の家も八兵衛の持ち物だった。この際、家賃だけで樽代《たるだい》（権利金）などはいらないと太っ腹に言ってくれた。

ついでに伊三次の弟子の九兵衛《くへえ》も住んでいた裏店が焼けて、九兵衛の父親が奉公している「魚佐《うおさ》」という魚問屋の片隅に間借りしていることを告げると、玉子屋新道の家に近い岡崎町《おかざきちょう》の裏店も空きがあるから、そこへ移ってはどうかと言い添えたそうだ。

「よかった。これでひと安心だね」

お文は胸に掌《て》を当てて嬉しそうに応えた。

「しかし、結構、手直しがいるぜ。畳も入れ替えなきゃならねェし、表戸や障子も建具屋に頼まなきゃならねェしよ」

「それはわっちに任せて」

「金があるのか」

伊三次は心配そうに訊く。

「あるよ」

「どうして……」

「詳しい話は後だ。とにかく、引っ越しの算段をしておくれ」

お文は伊三次の言葉を遮《さえぎ》って言った。

こうして、一家はようやく人心地のつける家を手に入れることができたのである。

引っ越しする時に、お文は前田のおこうに、身ごもったことを告げた。おこうはやはり、がっかりした様子だった。頼りにしていたお文に当分の間、休まれるのがこたえるのだ。だが、身体が動く内は前田でお燗番《かんばん》でもしておくれと言った。前田も建物の手直しが叶い、そろそろ見世にも客を呼ぼうかと考えていた頃だった。前田は芸妓屋だが、宴会が開ける座敷や小部屋があり、料理人も置いていた。

「よろしいんですか。腹ぼての芸者がいては目障りじゃないですか」

「お座敷に出なきゃ構わないよ。お前が内所で眼を光らせてくれたら、若い芸者衆も勝手なことをしないだろうから」

おこうの気持ちも心底、お文は嬉しかった。

その時、お文は決心したものだ。前田が続く限り、おこうの力になろうと。

海野要左衛門は前田が見世を再開すると、顔を出してくれた。一人の時もあるし、友人を伴っていることもあった。お文の腹が日に日に大きくなっているのに眼を細め、そっと撫でてくれることもあった。友人は冗談交じりに、もしやおぬしの子供ではないだろうな、と笑って言った。

「いやいや、そんな元気はもはや残っていない」

ひょうきんな顔で友人に応える要左衛門を見るのもお文は嬉しかった。娘と名乗りを上げなくても要左衛門は陽だまりのようにお文を暖かく包んでくれる。もう、それ以上、要左衛門に望むことはなかった。

要左衛門が前田を使ってくれた夜は、家に戻ってからもお文は嬉しさでなかなか眠れなかった。伊与太を蒲団に入れた後、茶の間で茶を飲みながら要左衛門の顔を思い出した。

その夜もそうだった。珍しいことに、伊三次が眠そうな顔で茶の間に顔を出し、まだ寝ないのか、と訊いた。

「ああ、ちょっとね。厠《かわや》かえ」

「ああ」

「行っといで」

用を足して、すぐにまた眠るのかと思っていたら、伊三次は長火鉢の猫板《ねこいた》の傍に座り、やけに機嫌のいい顔をしているぜ、とからかうように言った。

「わかるかえ」

「ああ」

「お前さん、わっちの実の母親のことは知っていたよね」

「何んでェ、やぶからぼうに。神田須田町の美濃屋のお内儀だったろうが」

「覚えていたんだ」

「そりゃ、覚えているさ。亡くなる前に、おれァ、お内儀さんと話をして、ついでに髪を纏《まと》めてやったのよ」

「わっちと似ていたかえ」

「どうかなあ。お内儀さんも年だったから、そこまでは気がつかなかった。だいたい、お前ェが娘だってことは、おれは夢にも思っていなかったし」

「あの時、おっ母さんはお奉行所にも娘捜しを頼んだと言っていたね」

「ああ、不破の旦那に頼まれて事情を聞きに行ったのよ」

「その時、てて親のことは聞いたかえ」

「どうだったかなあ。お内儀さんに聞いたのかなあ。何しろお前ェと所帯を持つ前の話だから……いや、違う。そいつは不破の旦那から聞いたんだ」

伊三次は左の掌を右の拳《こぶし》で打って応えた。

「不破の旦那は何んておっしゃっていたのかえ」

お文はつっと膝を進めて訊いた。

「ご公儀のお偉いさんだから、よそには素性が知れないように、くれぐれも気をつけて探れと言われたよ」

「……」

「海野要之助というお人だったな。後に改名して海野要左衛門になっているそうだが」

伊三次がその名を知っていたのが驚きだった。

「お前さん、それをわっちに話したかえ」

「話したじゃねェか。もっともそれは娘捜しがひと段落した後のことだったが。お前ェは、まるで興味のねェ顔で、ふうんと上の空で聞いていたよ」

そうだったのか。灯台もと暗し、とはこのことだ。一番身近にいた伊三次からお文は父親の名前を知ったのだと、俄に夜が明けたような気持ちだった。

「何んで今さらそんな話をするのよ」

伊三次は怪訝そうだ。

「会ったんだよ、てて親に」

「え？　どこで」

「お座敷で。わっちの顔をまじまじと見て美濃屋のお内儀さんに似ているって」

「お前ェ、娘だって打ち明けたのか」

伊三次の声が昂《たか》ぶっていた。

「いいや。今さらそんなことをするものか。知らぬ存ぜぬで通していたが、向こうはそれから、わっちに着物と帯を誂え、伊与太には、おもちゃを買って下すったんだよ」

「何か感づいているんだな」

「そうかも知れない。おまけに早く家を見つけろと、お金まで用意してくれたよ」

「幾らだ」

伊三次は間髪を容《い》れず訊いた。

「幾らだと思う？」

「五両、いや張り込んで十両かな」

「切り餅ひとつ」

「ええっ！」

伊三次は素《す》っ頓狂《とんきょう》な声を上げた。心底、驚いていた。

「お前ェ、断らなかったのけェ？」

「最初はそんな大金、受け取れないと言ったよ。でもね、困っている時は人の好意に素直に甘えるものだとおっしゃったんで、ありがたく頂戴したよ。もちろん、相手が赤の他人だったら、受け取らなかっただろうが、やっぱり、わっちも心の隅に、てて親から貰うものに遠慮はいらないという気持ちもあったんだろうね」

「いいてて親だな。普通は知らん顔で通すもんだが、海野様はそうじゃなかった。美濃屋のお内儀の分までお前ェに情けを掛けようと思っているんだよ。お前ェは果報者だぜ。ふた親に守られているんだ」

「本当だね。でも、わっちはこれからも娘と言うつもりはないのさ。お座敷で元気なお顔を見られるだけで十分さ」

　お文は涙声で応えた。

「だな」

伊三次にはお文の気持ちが伝わったようだ。

ぐすっと水洟《みずばな》を啜り、お文は、さ、夜も更《ふ》けた、蒲団に入ろう、と言って、行灯《あんどん》の火を吹き消した。


海野要左衛門とのつき合いは、それからもしばらく続いた。お文の腹が目立って大きくなったので、樽三で月に一度開かれる句会にお文は遠慮していたが、その代わり、要左衛門は前田のほうに、まめに顔を出してくれるようになった。

あれは、そろそろ十五夜を迎える秋のことだった。要左衛門は内所にいるお文の傍で、ひっそりと酒を飲んでいた。一人で訪れる時は、わざわざ小部屋を頼まず、内所にいることが多かった。そのほうが要左衛門も寛《くつろ》げる様子だった。前田のおこうも、その頃には要左衛門を客としてではなく、親戚のように扱ってくれていた。

お文との話題は美濃屋のお内儀と暮らした裏店の様子が多かった。そういう話は奥方にも話せなかったらしい。要左衛門の口調は滑《なめ》らかだった。両親の話を聞くのはお文も楽しい。調子に乗った要左衛門が、つい酒量を過ごしてしまうことも珍しくなかった。

その夜は伊三次の仕事が他になかったので、伊与太の面倒を見て貰った。要左衛門は伊与太が傍にいないことを寂しがった。伊与太を膝に乗せ、卵焼きだの、魚の身を口に入れてやるのを楽しみにしていたのだ。

内所の窓は細めに開いていて、そこから見える空に月が昇っていた。

「伊与太の奴、わしに月は誰のものかと訊いたのよ」

要左衛門はほろりと酔いが回った顔で言った。

「近頃、あの子は傍にあるものを、いちいち、誰のものかと訊くんですよ。火事で何も彼も焼かれ、自分のものがなくなってしまったのが子供心にもこたえているんでしょうね。ご隠居様からいただいたおもちゃには、訊かれてもいないのに、これは伊与太の、って言うんですよ。月は誰のものですって？　また突飛なことをお訊ねしたものですね。それでご隠居様は何んとお応えになったんです？」

「月は誰のものでもないと応えたよ。そうしたら自分のものにしていいかと言った」

「まあ」

「いや、それはいけない。月を独り占めしたんじゃ、伊与太は勝手に月を出したり引っ込めたりするだろう。晦日《みそか》に月を出したりしたら、世の中の人々が、こんがらがると教えた」

「それで伊与太は納得したのでしょうか」

「ふうん、とつまらなそうにしておった」

要左衛門は、その時のやり取りを思い出し、愉快そうに笑った。お座敷を終えた芸者衆が内所に顔を出し、ご隠居様、お越しなさいまし、と声を掛けられるのも嬉しい様子だった。

物堅い武家の暮らしでは経験したことのないことなので、要左衛門にとって、何も彼も珍しかったのだろう。

「どれ、厠に行って来るか。年のせいか小便が近くて困る」

言いながら立ち上がった要左衛門の身体が少しふらついた。

「もう、ご酒《しゅ》はそれぐらいで」

お文はそう言って、厠につき添った。用を足した後は茶を出し、少し酔いが冷めたところで駕籠《かご》を呼ぼうと心積もりしていた。

「いや、飲んだ、飲んだ」

要左衛門は機嫌のよい声で厠から出て来た。

お文は蹲《つくばい》から柄杓《ひしゃく》で水を掬《すく》い、要左衛門の両手に掛けた。それから手拭いで水気を拭いてやった。

「やあ、よい月だ」

要左衛門は白い月を眺めて感歎の声を洩らした。

「そろそろ十五夜ですからね。灯りもいりませんね」

月の光が坪庭の草木に降り注いでいた。昼間のような明るさだった。その景色につかの間、お文は見惚《みと》れた。と、どたりと背後で大きな音がした。慌てて振り向くと、要左衛門が廊下に倒れていた。瞬間、お文の頭の後ろがちりちりと痺《しび》れた。

「ご隠居様、いかがなされました？　ご隠居様！」

お文は大きな声で呼び掛けたが、眼を閉じた要左衛門は返事をしなかった。卒中《そっちゅう》か。ならば動かすのはまずい。そういう分別はあった。

「誰か、誰か」

お文はさらに大きな声を張り上げた。

間もなく、おこうが急いでやって来た。

「お内儀さん、医者を呼んで下さいまし。それから空いている部屋に蒲団を敷いて」

お文は早口に言った。おこうは要左衛門の様子を見ると、さほど慌てることなく肯いた。

具合を悪くしてしまう客は、おこうも、これまで何人も見ている。対応の仕方は心得ていた。すぐに見世の下男を近所の医者の家に呼びに行かせ、その足で麴町《こうじまち》の要左衛門の家に事情を伝えさせた。女中と手の空いている芸者達は内所の近くの部屋に蒲団を敷きに行った。要左衛門をそこへ運ぶのは医者の指示を受けてからにしようとおこうが言ったので、お文は要左衛門の頭を腕に抱えた恰好で、廊下に座って待った。

要左衛門は相変わらず、眼を閉じたままだった。このままいけなくなるのかと考えると、お文は胸が締めつけられるような気持ちだった。

「せっかく、会えたのに……」

お文は要左衛門の額を撫でながら呟いた。それから頬にも触れた。皺やシミのある年寄りの肌だったが、父親だと思えば愛しさが募《つの》る。このまま一緒に自分も息絶えるのなら、どれほど倖せかとさえ思えた。現実にそんなことになったら大変なことになると知ってはいたが。

「わっちは恨んでなぞおりませんよ。だって、仕方のないことだったんですもの。お父っつぁんはお家の存続のために連れ戻された。お兄様が亡くなられたんじゃ、そうするしかありませんよね。お父っつぁんは三男坊だったから、美濃屋の養子になっても構わないと思っていらしたのでしょう？　いいえ、おっ母さんだって、お父っつぁんと暮らせるなら、美濃屋を捨ててもいいと思っていたはず。たったみ月の暮らしでも、倖せだったに違いない。二人の気持ちは、ようくわかっておりますよ。わっちだって、貧乏暇なしの廻り髪結いの女房になったんですよ。わっちの亭主は世の中、金じゃないと口癖のように言う人ですよ。金なんてろくに持っていないのに。可笑しいでしょう？　精一杯虚勢を張っているんですよ。でもね、仕事は真面目だし、子供も可愛がってくれる。もちろん、わっちも大事にされておりますよ。そういう男を選んだのも、お父っつぁんとおっ母さんの血のせいかしらね。お父っつぁん、わっちのことは心配しないで。大丈夫、ちゃんと生きて行けますから。わっちは時々、お父っつぁんの顔を見られるだけでいいのですよ。だから、お願い。もうしばらく、元気でいて」

　お文はもの言わぬ要左衛門に独り言を続けた。だが、要左衛門の閉じた眼から、ひと筋《すじ》の涙が流れたのを見て、お文は、はっとした。

　お文の独り言が聞こえたのかと思った。つまらないことをぺらぺら喋ったことが途端に後悔となった。

「おや、動転して世迷言《よまいごと》を喋ったようだ。ご隠居様、今の話は聞かなかったことにして下さいましね」

　お文は取り繕《つくろ》った。ごほっと咳をしたのは苦笑だったのだろうか。やがて、薬籠《やくろう》を携えた弟子とともに近所の町医者がやって来て、要左衛門の脈を執《と》ると、蒲団が敷いてある部屋に移すよう命じた。女中と芸者達、下男が手助けして要左衛門を部屋に運んだ。お文はしばらく、廊下に佇《たたず》んでいた。要左衛門の容態よりも、自分の喋ったことが気懸りでならなかった。

五

　その夜は家に帰らず、お文は要左衛門につき添って朝まで過ごした。幸い、要左衛門は貧血を起こした程度で、大事はなかった。酒を飲んで身体がほてっていたところ小用に立ったので、急激に体温が下がって貧血を起こしたようだ。要左衛門の妻は夜も遅かったので、朝になってから迎えに行くと下男に言った。それまで、くれぐれもよろしく頼むと言い添えたそうだ。

翌朝は要左衛門の息子の秀之進と若党が三人ほどやって来て、要左衛門は駕籠に乗って帰って行った。それから自宅で養生している様子で、前田にはぴたりと姿を現さなくなった。

お文は臨月近くまで前田に通ったが、身体がどうにも重くなり、ようやく前田を退《の》くことになった。産婆のお浜《はま》の話では、出産予定日は神無月《かんなづき》の下旬になるだろうということだった。伊与太の時は大変な難産だったので、お文は、また同じことになるのではないかと大層心配だった。お浜は二度目の出産だし、そう案じることもないだろうと言っていたが。

いつ陣痛が始まってもおかしくないと思われる頃に前田のおこうが玉子屋新道の家にやって来た。心配して様子を見に来たのかとも思ったが、おこうは要左衛門から言づけを頼まれて訪れたのだった。

「いい家じゃないか」

おこうは家の中を見回してそう言った。柱や天井は古びているが、畳は新しいし、障子も襖も貼り替えてきれいだった。かつては商売をしていたらしい家で、土間が広い。

その土間は鉤形《かぎがた》で台所に繋がっている。上がり框《かまち》も並の家より広かった。茶の間は六畳だが、壁際に箱階段があり、そこを上れば六畳間の部屋がふたつある。将来、伊与太の部屋にするつもりでいるが、今は物置のような状態だった。

「お蔭様で。これで安心して子供が産めるというものですよ」

お文は茶を淹れながら応えた。伊与太は九兵衛の母親のところに遊びに行っていた。九兵衛の母親のお梶《かじ》は伊与太が赤ん坊の頃から面倒を見てくれたので、九兵衛一家が近所に越して来てから、伊与太は、日に一度は顔を出していた。子供を産んで床上げするまで、また何かとお梶の世話になることだろう。

「子供が無事に生まれたら、また前田に通っておくれよ」

おこうは念を押すように言う。おこうは藍《あい》みじんの着物に錆朱《さびしゅ》の帯を締めた普段着の恰好だった。

「こんなわっちを頼りにして下さるなんて、本当にありがたいですよ。正太郎《しょうたろう》さんが早く身を固めてくれたら、お嫁さんに見世を手伝って貰えますのに」

正太郎とはおこうのひとり息子のことだった。おこうの亭主は正太郎が幼い頃に亡くなっている。それからおこうは女手ひとつで正太郎を育て、見世を守って来たのだ。

「正太郎は誰に似たんだか引っ込み思案な男でね、お客様に愛想をするのも苦手なんだよ。縁談もあるにはあるが、気に入らない様子で、うんと言わないいんだよ。芸妓屋の商売そのものも嫌いらしい。本当は荒物屋か青物屋になりたかったそうだ。今だって、板場で料理を拵えるだけで、ご贔屓《ひいき》さんがいらしても顔も出さないんだから」

おこうはくさくさした表情で言った。

「わっちも誰かいい人がいないか心掛けておきますよ。正太郎さんは、そろそろ三十の声を聞く。いつまでも独り身という訳には行きませんね。うちの芸者達の中じゃ、よさそうな娘もいないし」

「芸者がそもそもいやなんだよ。まあ、うちの妓《こ》達はすれっからしが揃っているから、正太郎に合うようなのはいないよ」

「町家の普通の娘さんがいいんですね」

「正太郎の女房になってもいいという娘がいるだろうか」

「大丈夫ですよ。正太郎さんは口が重いけれど真面目だ。きっと気立てのいい娘さんが見つかりますよ」

お文はそう言っておこうを慰めた。

「おや、自分の話ばかりして肝腎なことを忘れていた」

おこうは帯に挟《はさ》んでいた紙を取り出した。

「この間、海野様の息子さんがお見えになったんだよ」

「まあ、そうですか」

自然にお文の声が弾んだ。

「その節は世話になったとおっしゃってね、医者の掛かりと心付けを持って来てくれたのさ」

「律儀なこと」

「当たり前と言えば当たり前のことだけど、そのままにしてしまうお客様も多いご時世だ。あたしは感激したものさ。それでね、海野様はお前の生まれて来る子の名付け親になりたいそうだよ」

「まあ」

「海野様はごきょうだいも男ばかり。ご自分の子供も息子三人なんで、お前のことを娘のように思っていらっしゃるんだよ」

「………」

「お前に異存がないのなら、男の子だったら文次《ぶんじ》、女の子だったらお吉《きち》になさりたいご様子なのさ」

「文次とお吉」

確かめるようにお文はその名を呟いた。

「伊三さんとお前の名を組み合わせたのだね。お吉もきりっとしていいじゃないか。母親がお文なら、どこか似た雰囲気もあるし」

おこうは嬉しそうに名前を書きつけた紙を見せた。

「うちの人にも伝えますよ。多分、賛成してくれるはずですよ」

「そうかえ。よかった。海野様はあれから、掛かりつけのお医者様に当分、酒はやめるように言われたらしい。うちの見世にも、しばらくは顔を出せないようなことを息子さんはおっしゃっていた。それでね、出産祝いも置いて行ったよ」

そう言って祝儀袋も取り出す。

「そんな。ご隠居様にはこれまで過分なご祝儀をいただいておりますよ。それに、まだ生まれてもいないのに出産祝いをいただくのも、どうかと思いますし」

お文は慌てて言った。

「いいじゃないか。取っておおき。お前に子供が生まれるのを海野様も楽しみになさっているんだから」

「そうでしょうか」

「多分、五両ぐらい入っているよ。それだけあれば、お前も安心だろう。当分、お座敷を休まなければならないのなら、なおさらだ。ああ、台所をしてくれる女中を早く探すことだ。女中がいれば、お前も身体が楽になる」

「ええ……」

低く応えたお文に、おこうはにっこり笑い、さて、そろそろ見世に戻らなきゃ、と腰を上げた。

「わざわざお越し下さって、ありがとう存じます」

お文は三つ指を突いて礼を述べた。

「いい子をお生みよ。子供は宝だからね」

おこうはそう言って帰って行った。

名前の書かれた奉書紙を神棚に祀《まつ》り、お文は柏手を打った。男でも女でも、どちらでもよい。どうぞ無事に生まれますようにと祈った。

仕事を終えて帰って来た伊三次に伝えると、伊三次はお文が思った以上に喜んだ。ちゃんと血の繫《つな》がった祖父からの命名だ、これ以上のことはないと言って。

それは唐突に訪れた。晩めしを済ませ、寝る前のひととき、お文は伊与太と「せっせっせ」をした。

〽せっせっせ〜のよいよいよい
おてらのおしょうさんが、かぼちゃのたねをまきました。めがでてふくらんではながさいて、じゃんけんぽんそんな手遊びである。お文は勝負となったら子供でも容赦《ようしゃ》しない。何回やってもお文の独り勝ちだった。これが伊三次なら、伊与太より僅《わず》かに後出《あとだ》しして勝たせてやったりする。

伊与太はお文と何回やっても勝てないので、仕舞いに癇癪《かんしゃく》を起こし、泣きながらお文の肩を突いた。普段なら何んということもなかっただろうが、大きな腹のお文は平衡を失い、引っ繰り返った。さほどの衝撃ではなかったが、その拍子に腹の子が一段、下がったような気がした。

「おう、大丈夫か」

伊三次は笑いながらお文の腕を取り、起こしてくれた。すると、ちょろりと小水が洩れたような感覚があった。腹の子が大きくなるにつれ、そういうことはままある。しかし、その時は、少し違っていた。お文は自分の身体に五感を働かせた。下腹に痛みとも呼べないちくちくした感じもある。

恐らく、洩れたのは小水でなく、薄い血の混じったおりものだ。出産が始まる兆候だった。

「お前さん、悪いがお浜さんの所に行っておくれな」

「え？　生まれるのか」

伊三次は真顔になって訊く。

「いいや、まだまだ先だ。早くても明日の朝だろう。だが、心積もりしておいてほしいと思ってさ」

「わかった。こら、伊与太。お前ェがおっ母さんを突き飛ばしたから、おっ母さんが産気づいたんじゃねェか」

伊三次は何がなんだかわからない表情をしている伊与太を叱った。

「ごめんなさい。おっ母さん、ごめんなさい」

伊与太は顔をくしゃくしゃにして、お文に抱きついて謝《あやま》る。

「伊与太のせいじゃないよ。安心おし。月が満ちれば子供は自然に生まれるものだからね」

お文は優しく伊与太を宥《なだ》めた。

「行ってくるぜ」

伊三次はそう言って、表に出て行った。

「伊与太。お前は兄ちゃんになるんだよ。ちゃんと兄ちゃんをやれるかえ」

お文は伊与太の顔を覗《のぞ》き込んで訊いた。

「やれる」

張り切って応えた伊与太の小鼻が膨《ふく》らんでいた。

「弟がいい？　それとも妹？」

「弟」

「どうして？」

「一緒に遊ぶから」

「妹でも遊んでおやりよ」

「わかった」

素直に応える伊与太が可愛かった。立ち上がり、奥の間にお産で使う物が入った風呂敷包みを取りに行こうとして、お文は愕然とした。しゃんと立つことができなかった。まだ陣痛は来ていないというのに。目まいもする。

「伊与太。おっ母さんは歩けなくなっちまった。奥の床の間に風呂敷包みがあるから、取って来ておくれな」

「合点」

「結構、重いよ。持って来られるかえ」

「がんばる」

そう言った伊与太が頼もしかった。伊与太は引き摺《ず》るようにして風呂敷包みを持って来た。

「偉いねえ。兄ちゃんだねえ」

大袈裟に持ち上げると、伊与太は照れて笑った。

小半刻《こはんとき》（約三十分）ほどして伊三次は戻って来たが、お浜も一緒だった。お浜も風呂敷包みを携《たずさ》えていた。中には綿花だの、晒《さらし》だの、気付薬《きつけぐすり》だの、産婆が使用する品々が入っている。

「まだ先だと思いますけど……」

お文は荒い息をしているお浜に言った。伊与太の時も世話になった産婆である。お浜の正確な年は知らなかったが、その頃でも四十は過ぎていただろう。もしかして五十かも知れない。ねずみ色の地に紺の縞《しま》が入った着物に、くたくたになったえんじ色の帯を締めている。帯は見栄《みば》えが悪いが、忙しい時には手早く締められるので手離せないと聞いたことがある。いざお産となったら、襷《たすき》で袖を括《くく》り、黒い前垂れを着《つ》けるのだ。

お浜は年齢が顔に出ない女だ。伊与太の時から五年も経っているのに、ちっとも変っていなかった。毎日のように赤ん坊を取り上げ、産湯を使わせる日々を送っている。新しく生まれた命を目の当たりにすることで若さが保たれているのだろうか。浅黒い顔に一重瞼の眼が光っている。長年の経験は妊婦に微塵も不安を抱かせない。ただし、陣痛の痛みで意識朦朧となった女には平気な顔で平手打ちを喰らわせ、叱咤することもある。そのため、お浜を敬遠する者も中にはいたが、お文はお浜に全幅の信頼を置いていた。たとい、平手打ちをされても、お文は屁とも思わない。その代わり、何しやがる、ぐらいの悪態《あくたい》は返すだろうが。

「伊与太ちゃんの時は苦労したからさ。念のため、早めにやって来たよ。松浦《まつうら》先生にも一応、声を掛けておいたよ」

お浜はそんなことを言った。

松浦先生とは八丁堀の町医者の松浦桂庵《けいあん》のことだった。親身な治療をすることで定評があった。桂庵は本道医《ほんどうい》（内科）だが、北島町《きたじまちょう》の診療所には、あらゆる病の患者が訪れる。

桂庵は外科だろうが、眼科だろうが、できる限りの治療を行なう。桂庵に助けて貰った妊婦も少なくなかった。お文は伊与太を出産した時のことを思い出すと不安が募《つの》るが、いやいや、二度目だし、産道はついている。おおごとにはなるまいと思っていた。しかし、お浜が桂庵に声を掛けたと聞くと、やはり安堵した。

「畏れ入ります」

お文は殊勝に頭を下げた。

「どれ、奥の間はどうなっているかえ」

お浜は遠慮もなく、茶の間との境の襖を開けた。奥の間には伊三次とお文の蒲団が敷かれていた。伊与太はこれまで、お文と一緒に寝ていたのだ。

「伊三さんの蒲団を茶の間に運んで……伊与太ちゃん、今夜はお父っつぁんと、茶の間で寝るんだよ」

お浜は伊与太に言い聞かせる。

「合点」

伊与太が応えると、お浜は笑い、いい子だ、と言った。

「伊三さん、蒲団を運んだら、竈《かまど》に火を点《つ》けて、お湯を沸かして貰おうかね」

「承知致しやした」

と、伊三次は応えたが、心細くなったのか、お梶さんを呼んで来るかと、お文に訊いた。

「今夜は慌ただしいから、伊与太を泊めてくれるのなら助かるが」

お文は先回りして言った。傍に伊与太がいれば気になって仕方がないだろうと思った。

「伊与太、泊まれるかな」

伊三次は心配そうだった。伊与太が、たった一人でよその家に泊まったことは、これまでなかったのだ。

「九兵衛がいるから大丈夫だよ」

お文はすぐに言った。九兵衛は伊与太が赤ん坊の頃からお守《も》りをして来た。多分、大丈夫なはずだ。大丈夫じゃなかったとしても、その時のお文にはどうすることもできない。

「お前ェ、九兵衛の家に泊まるか？　今夜だけよ」

伊三次の問い掛けに、伊与太は、やはり合点と応えたが、声音は弱かった。

「辛抱しな。兄ちゃんになるんだからな」

伊三次は励ました。

「うん」

渋々応えると、伊与太は伊三次に手を引かれ、九兵衛の家に向かった。だが、表に出る間際、伊与太は振り向いて「明日は泊まらなくてもいい？」と、お文に訊いた。言葉尻は涙声になっていた。

「ああ、今夜だけ、今夜だけだよ」

お文も伊与太が不憫《ふびん》で、眼が潤《うる》んだ。

「やれやれ、とんだ愁嘆場《しゅうたんば》だよ」

お浜が苦笑交じりに言った。

「永久《とわ》の別れじゃあるまいし、何んだって涙が出るんだろうね。わっちも焼きが回ったんだろうか」

伊与太が出て行ってから、お文は口許に手拭いを押し当て、泣き笑いの表情で言った。

「母親になったってことだろう」

お浜はこともなげに言い、奥の間の天井に手拭いで拵《こしら》えた紐を吊るした。妊婦はそれに摑まっていきむのだ。普通は縄や藁束《わらたば》を使うが、勢いで妊婦の手を傷つけることもある。

お浜はそれを気にして、手拭いで拵えたのだ。手拭いの紐は下のほうが手垢《てあか》で黒ずんでいた。お産が済めば洗って次に備えるのだろうが、長年の間にすっかり手垢が滲《し》みついてしまったのだ。何十人、いや、何百人の女がそれに摑まったことか。それを考えると不思議に力が湧いた。ようし、いい子を産むぞ。

お文の言葉にお浜は、その調子だと笑った。

六

九兵衛の母親のお梶が駆けつけて来た時、お文に本格的な陣痛が始まっていた。

「お内儀さん、伊与太ちゃんはおとなしく寝ましたからね。安心して」

お梶は奥の間に向かって声を張り上げた。

後で聞くと、九兵衛は友達の家に遊びに行っていたが、父親の岩次《いわじ》が呼びに行って、慌てて戻って来たという。伊与太と一緒の蒲団で寝てくれたそうだ。

「親方、落ち着かないのなら、ちょいと外で一杯飲んで来たらどうですか」

お梶が竈で湯を沸かしながらそう言った。

「お梶さん、あいにくおれは下戸で」

「あら、そうでしたね。それじゃ、今、お茶を淹れますよ。お浜さん、お茶はどうですか」

お梶はまた声を張り上げた。

「飲むよ」

ぶっきらぼうな返答があった。それから、お梶さん、お文さんにもぬるいお茶を、と言い添えた。

「お梶さん、茶簞笥の戸棚を開けると羊羹《ようかん》が入っているから、切ってやって」

切ない声でお文が言った。

「そんな心配、しなくていいんだってば！」

お浜は甲走《かんばし》った声で制した。お梶は、わかりました、お内儀さん、戸棚ですね、とお文を庇《かば》うように応えた。

「お仕事柄とはいえ、お内儀さんは、いつもいつも人に気を遣ってばかり。本当にこんな時は羊羹なんてどうでもいいのに」

お梶はそう言って涙ぐんだ。お梶は長年、着物の仕立ての内職をして来た。普段はおとなしく、亭主の岩次に逆らわない健気《けなげ》な女でもある。お梶がいるお蔭でお文も今まで芸者稼業が続けられたところもある。息子の九兵衛が伊三次の弟子となってからは親戚のようにつき合っていた。

お梶は切った羊羹を菓子皿に載《の》せて伊三次に出すと、奥の間にも持って行った。好物の羊羹も、その時の伊三次には味わう余裕がなかった。早くお文が赤ん坊を産んで楽になってほしいと思うばかりだった。

奥の間から出て来たお梶は、親方、存外、早く生まれそうですよ、と伊三次に告げた。

「本当けェ、お梶さん」

「ええ。逆子《さかご》でもないし、この度はすんなり行くような気がしますよ。まあ、お内儀さんも二度目のお産だから、落ち着いているでしょうし」

「ありがてェ」

伊三次は思わず両手を合わせた。

「梅床のお姉さんには知らせました？」

「いいや、まだだ」

「知らせて差し上げればよろしいのに。といっても町木戸が閉まる時刻だから、今夜はどの道、無理ですね。朝になってからですね」

「朝までに生まれるんですかい」

伊三次は信じられない気持ちだった。どうしても伊与太の時と比べてしまう。それほど伊与太の時は大変だったのだ。

お梶はすんなり行くだろうと言ったが、言葉通りにはならなかった。真夜中を過ぎてもお浜から一向に声が掛からない。伊三次はぴたりと閉じた襖を見つめたままだった。

お梶は竈の前にしゃがんで待っていた。すでに産湯の盥《たらい》は出してあった。時々、奥の間からお文の呻《うめ》き声が聞こえたが、大袈裟な悲鳴を上げることはなかった。

子《ね》の刻（午前〇時頃）、丑《うし》の刻（午前二時頃）と時は過ぎ、寅《とら》の刻（午前四時頃）になった時、ようやくお浜から、そろそろ生まれるよう、と声が掛かった。お梶はその拍子に立ち上がった。今まで、しゃがんでうとうとしていたらしい。慌てて大鍋の蓋《ふた》を取る。湯は蒸発して半分ほどになっていた。お梶は慌てて水を足した。それから火吹《ひふ》き竹《だけ》で火力を強くする。

「いきんで、いきんで」

お浜の声が勇ましい。お文が唇を噛み締めてがんばっている様子だ。

「さあ、もう一度。そうそう、上手、上手」

伊三次は座っていられず、襖の前でじっと耳をそばだてた。

「お文、がんばれ」

そんな声も自然に出る。

「やかましい！　今が正念場だ。余計な半畳を入れるんじゃないよ」

お浜が憎らしい言葉を返して来た。

「余計な半畳って……」

ぶつぶつ独り言を呟く伊三次に、お梶はぷッと噴《ふ》いた。

「頭、出て来た。もうひと息だ。それそれ」

お浜がそう言ったすぐ後、産声が聞こえた。

「生まれた！」

お梶の顔が興奮で紅潮していた。大きく元気な産声だった。伊与太に弟ができたかと思ったが、お浜は、女の子だよう、と声を張り上げた。

勢いよく襖を開けると、お文の横に襤褸《ぼろ》のような布が拡げられ、そこに赤黒い赤ん坊が手足を震えさせて泣いていた。裸のまま置いていたのでは風邪を引く。伊三次はまず、それを心配した。

「早く湯を使わせてやってくれ。風邪を引いちまう」

「大丈夫だよ。生まれたての赤ん坊はどういう訳か風邪なんて引かないものなんだよ。後産《あとざん》の始末をするから、伊三さん、もう少し、そっちで待っておくれ」

お浜はにこりともせずに言った。

「あ、ああ」

伊三次は渋々、襖を閉じる。お梶がざあっと盥に湯を入れる音がした。

やがて、襤褸布ごと赤ん坊を抱いたお浜が出て来て、台所の盥に運んだ。

「誰に似ているんだろう。親方かな」

湯に入れられた赤ん坊を見て、お梶は思案する。

「そうだねえ。女の子は、てて親に似ると言うからね。だが、どっちに似ていようとも、子供は天の神さんからの預りもの、授かりものだ。一人前になるまで大事に育てなけりゃ罰が当たる」

さっきとは別人のようにお浜の声が柔らかく聞こえる。お浜の言葉を伊三次は胸に刻《きざ》んだ。

「お浜さん、ありがとうございやす」

伊三次は畏《かしこ》まって頭を下げた。

「礼には及ばないよ。これはあたしの仕事だからね。無事に生まれてよかったよ」

言葉尻にはため息が交じっていた。その時になって、ようやく疲れが出て来たらしい。

伊三次は奥の間に行って、お文、娘ができた、と嬉しそうに言った。

「お吉だね」

疲れた顔のお文は、それでも笑顔で応える。

「ああ、お吉だ」

伊三次もにっこり、笑顔になる。二人の子供の親になった気分は、言葉では言い表せなかった。産着に包まれたお吉を見つめるお文の眼は、普段は見たこともないほど優しげだった。これを倖せと言うのだろうか。伊三次は赤ん坊とお文を交互に眺めながら、そんなことを思っていた。

眠気を堪《こら》えながら九兵衛と一緒に亀島町《かめじまちょう》の不破家に向かい、いつも通り伊三次は髪結いの仕事をした。一年のほとんど、町方同心は毎朝髪を結い直す。手間賃は晦日《みそか》にまとめて受け取っている。伊三次にとって、不破家は上得意の客でもあった。

伊三次は、娘が生まれたことを自分からは言わなかったが、九兵衛が代わりに、親方に女の子が生まれやした、と不破に告げた。不破は、にッと白い歯を見せ、龍之進はおめでとうございますと祝いを述べた。

「ゆんべは寝られやせんでした」

伊三次は照れた顔で応えた。

「なに、一日ぐらい寝なくても死ぬことはない」

不破は相変わらず大雑把《おおざっぱ》なことを言う。

「伊与太も喜んでいることでしょう」

龍之進は妹の茜《あかね》が生まれた時のことを思い出したのか、そう言った。

「へい」

朝になって、九兵衛に連れられて伊与太は帰って来た。お文の横に眠っているお吉を見ると、しばらく黙っていた。

「どうした。妹ができたんだぜ。お前ェは本当に兄ちゃんになったんだ」

伊三次は笑顔で伊与太に言った。

「可愛くない……」

伊与太はぽつりと言った。

「えっ？」

伊三次は驚いて伊与太を見た。

「どうしてよ。小っちゃくて可愛いじゃねェか」

「よその赤ちゃんは、もっと可愛い。こいつ、お嬢よりも可愛くない」

伊与太は不満そうだった。お嬢とは龍之進の妹の茜を指している。

「伊与太。生まれたばかりの赤ん坊は、皆、こんなものだよ。お前もそうだったんだ。日が経つにつれ、可愛くなって行くんだよ」

お文は伊与太を諭した。化粧っ気のない顔には疲れも見えた。だが、それよりも母親になった喜びが溢れていた。

「これからますます騒がしくなるぜ。めしを喰っても背中に入ったようで落ち着かねェしよう」

不破はろくに茜の世話もしなかったくせに、先輩面《づら》をして伊三次に言った。伊与太を湯屋に連れて行くことは今までより多くなるだろうし、お吉が風邪を引かないか、腹を下さないかと心配事も増える。実際、不破の言う通りだろう。

「火事が起きたさなかに子胤《こだね》を仕込むとは、お前ェも呑気な男よ」

仕舞いに不破は皮肉なもの言いにもなった。

別に火事の最中《さいちゅう》にお文と色っぽいことをしていた訳ではないのだが、世間は勝手な想像を巡《めぐ》らせる。同じようなことを義兄の十兵衛《じゅうべえ》にも言われ、伊三次は腐った。お吉は以後、火事っ子と呼ばれて、伊三次は大層、お吉が不憫《ふびん》だった。

それとは別にお吉は丈夫な子供で、すくすくと育った。夜泣きもしないところも助かった。以前より確かに忙しくはなったが、すべては夢中の内に過ぎて行った。

出産祝いも多く届けられ、床の間に並べられた。祝儀袋の数だけでも相当な数だった。

お文はしばらくすると、内祝いのお返しを配った。前田と取り引きのあった老舗《しにせ》の菓子屋に頼んで、干菓子《ひがし》の詰め合わせに熨斗《のし》を掛けて貰った。もちろん、麴町の海野要左衛門の家にも届けさせた。直接、持って行かなかったのは、やはり、要左衛門の家族に対する遠慮があったからだ。要左衛門が医者に酒を止められているのなら、上品な甘さの干菓子は最適とも思えた。届いただろうか、喜んでくれただろうか。お文はしばらくの間、そのことが気懸りだった。しかし、特に礼状というものは送って来ず、お文も忙しさにかまけて、半ば要左衛門のことは忘れていた。

七

お吉の首が据《す》わり、ようやくおんぶできるようになると、お文はお吉を背負い、伊与太の手を引いて買い物や散歩に出るようになった。師走も正月も二人の子供の世話に明け暮れている内、暦は早や二月に入っていた。そろそろお座敷にも復帰しなければならないので、掛かりは増えるが台所の女中を雇おうと考え、馬喰町《ばくろちょう》の「千石屋《せんごくや》」という口入《くちい》れ屋《や》（周旋業）を訪れた。千石屋の主は前田を贔屓にしてくれる客でもあった。

あいにく、その時は適当な者がいなかった。

見世の番頭は二、三日、待ってほしいと、お文に言った。外廻りをしている番頭が、本所の村々を廻っているので、そこで住み込みの女中が見つかるかも知れないと言い添えた。

「江戸の町にも女中の仕事を待っている人は何人もいると思いますけどね」

すぐにも決めるつもりで出て来たので、お文は不満だった。

「いいや、桃太郎姐《ねえ》さんの家の女中をするにゃ、どれも帯に短し、襷《たすき》に長し、という連中ばかりですよ。姐さんに気に入っていただく女中を必ず見つけますから、ここは焦《あせ》らずにお待ち下さい」

番頭はそう言った。焦らずに、か。なるほどそうだ。お文は思い直し、よろしくお願い致します、と頭を下げて千石屋を出た。

「さて、おうちに帰ろうか」

お文は伊与太に言った。伊与太はどこかに行きたい様子で不満顔になる。

「お吉が泣いたら、他の人に迷惑だ。ここはおうちに帰ってお八《や》つにしようね」

「お吉、泣かないよ」

「それでも……」

「じゃあ、豆大福を買って。醬油団子でもいい」

「仕方がないね。帰る途中で菓子屋に寄ろう」

お文はそう言って、馬喰町の通りを八丁堀に向けて進んだ。

大伝馬町《おおてんまちょう》を通り掛かった時、骨董屋《こっとうや》の前に乗り物が止まっているのに気づいた。乗り物の傍には四人の陸尺《ろくしゃく》（貴人の駕籠《かご》舁《か》き）と若党が控えている。その若党の顔には見覚えがあった。前田で要左衛門が倒れた時、迎えに来た若党だった。

骨董屋は軒先に短い暖簾《のれん》を出していた。白地に「風神堂《ふうじんどう》」と藍色で屋号が入っていた。見世の構えは小さいが、どことなく品が感じられる。もしかして、要左衛門がその見世を訪れているのかとも思った。

若党はお文の顔を覚えていなかった。お座敷着のお文と、赤ん坊を背負っている女が同一人物とは思ってもいないようだ。

やり過ごすことができず、お文はしばらく風神堂の暖簾を見つめていた。

「おっ母さん、行こう?」

伊与太が焦《じ》れた声で急《せ》かした。

「そうだね、行こうか」

要左衛門が中にいるとしても、主との話には時間が掛かりそうだった。諦めて歩を進めた時、あ、お爺ちゃん、と伊与太が甲高い声を上げた。

その声で振り返ると、要左衛門が風神堂の主に見送られて外に出て来たところだった。伊与太の姿を見て、要左衛門はとまどった表情になった。いや、それよりも若党がぎょっとしていた。伊与太がお爺ちゃんと呼んだせいだ。お文も慌てた。だが、伊与太は遠慮もなく、要左衛門に近づき、にッと笑った。若党は、すぐに伊与太を追い払う仕種《しぐさ》になったが、要左衛門は、それをさり気なく制した。

「おお、伊与太。しばらくだったね」

要左衛門はしゃがんで伊与太の手を取った。

それからゆっくりとお文を見た。

「生まれたのか」

静かな声で訊いた。

「お蔭様でお吉が生まれました」

「そうか、お吉か」

「その節は色々とお世話になりました。ありがとうございます。本日、たまたま近くまで参りましたら、ご隠居様の乗り物に気づきまして」

お文は、若党の眼を意識して、ことさらへり下った言い方で応えた。要左衛門はお吉の顔を覗き込み、丈夫そうでいい子だ、と言った。

「あれから、ずっと家に引きこもっていたが、ここの見世の親仁《おやじ》が、いい出物があると知らせて来たんで、ちょいと出かける気になったのだ」

要左衛門はそう続けた。

「ご隠居様は骨董がご趣味だったんでございますか」

お文は興味深い表情になった。

「いや、趣味と呼べるほどのものじゃないがね。しかし、ここであんたに会えるとは思ってもいなかった」

要左衛門は嬉しそうだった。もちろん、お文だって本当に嬉しかった。

「酒を止められているんで、以前のように前田には通えなくなったが、まあ、あんたはわしに構わず、自分のするべきことをしたらいい」

お吉を背負い、伊与太の手を引いている姿は本来、客に見せたくはない。だが、要左衛門は、ただの客ではない。お文はその姿で要左衛門に会えたことを大袈裟でもなく、天の配剤とも思えたのだ。要左衛門は世の父親がそうであるように、嫁に出した娘が子供の世話で大変そうにしているのを、不憫とも安心ともつかない眼で見ていた。

「畏れ入ります」

お文は小腰《こごし》を屈《かが》めて礼を言った。

「それじゃ、また機会があれば、どこかで会えるかも知れないね」

往来で、ぐずぐずと話を続ける訳には行かない。要左衛門は思いを振り払うようにさばさばした口調で言った。

「ええ。その日を楽しみにお待ち致しております」

お文も名残り惜しそうな要左衛門に応える。

要左衛門は伊与太の頭を撫で、風神堂の主に目顔で肯くと乗り物に乗った。陸尺が乗り物を担ぎ上げた刹那、窓簾《まどすだれ》から、お文、と呼ぶ声が聞こえた。慌てて傍に近寄る。何か言ったようだが、それはお文の耳に聞こえなかった。若党はお文に構わず陸尺に先を促す。

黒塗りの乗り物は静々とお文の前から去って行った。

桃太郎ではなく、お文と呼び掛けたのは要左衛門の気持ちだ。要左衛門は娘の本名を呼びたかったのだ。お文にはそれがよくわかっていた。

「さよなら、お父っつぁん」

お文は独り言のように呟いた。よく晴れた日だった。吹く風はまだ冷たかったが、お文は空を見上げ、この日のことは忘れまいと肝《きも》に銘《めい》じた。なぜかこの先、二度と要左衛門に会うことはないような気がしてならなかった。それは予感だったのかも知れない。短い間だったが、要左衛門から父親としての情けを貰った。本当に苦しい時だったので、お文にはありがたかった。長生きしてほしい。この江戸に実の父親は生きていて、時々、自分のことを案じてくれるかと思えば、それだけでお文は倖せだった。

「さ、行こうか」

お文は伊与太の手を引いた。うん、と伊与太は応えた。風神堂の主は、要左衛門の乗り物が去って行くと、さっさと見世の中に入ってしまった。

「お爺ちゃんは、おいらのお爺ちゃんなんだよね」

伊与太はそんなことを言う。

「ばかをお言いでないよ。あのお人はおっ母さんの客だよ」

お文は慌てて制した。

「でも、お爺ちゃん、おいらに言ったよ。伊与太のお爺ちゃんは、このわしだって」

「……………」

「内緒だから、よそに言っちゃいけないって」

「よそに言っちゃいけないのに、伊与太はおっ母さんに喋ったよ」

お文は苦笑交じりに言う。

「おっ母さんは、よそじゃないもの」

伊与太は理屈を捏《こ》ねる。この子はなかなか頭がいいと、親ばかでもなくお文は思った。

「そうだねえ。でも内緒のことなら、これからも人に喋っちゃいけないよ」

「どうして？」

「どうしても。いいね、約束だよ」

「わかった」

伊与太は渋々、応えた。要左衛門は自分だけでなく、伊与太にも情のある言葉を言ってくれた。本当は大っぴらにお文のことを宣言して、事あるごとにお文やその家族と交流したいのだ。だが、立場上、それはできない。

固く口を閉ざしていても、ふとした拍子に思いの一端が表れる。伊与太へ祖父だと打ち明けたのが、それだろう。

あの時のことを伊与太は覚えているのだろうか。お文はそれから伊与太に、面と向かって訊いたことはない。ないけれど、幼い伊与太にそう言ってくれた要左衛門は、やはりお文の父親以外の何者でもなかったのだ。

その日からひと廻り（一週間）ほどして、千石屋の番頭がお文の家の女中をする女を伴って訪れた。ひと目見て、お文は驚いた。恐ろしく体格がよかった。女相撲の関取とまでは言わないが、それに近い。だが、性格はおとなしそうだった。

お文は二人を茶の間に招じ入れて茶を振る舞った。女はおふさという名で、実家は本所の葛飾村《かつしかむら》の農家だった。年を訊くと十九だという。その割に頭が丸髷《まるまげ》だったので、お文は最初、亭主持ちかと思った。だが、おふさは一度嫁いで離縁された女だった。実家で野良仕事を手伝っていたが、出戻りのおふさにとって実家には居場所がなかったらしい。

口入れ屋の話に、一も二もなく承知したそうだ。おふさは番頭が話をする横に座っていたが、座蒲団に寝かしていたお吉が気になる様子だった。

「おふささんは子供が好きなのかえ」

お文が笑顔で訊くと、ええ、と嬉しそうに応えた。

「それはありがたいねえ。うちにはやんちゃ坊主と赤ん坊がいるから、子供が嫌いじゃ、勤まらないよ」

「お内儀さん、だっこしてよろしいですか」

おずおずと言ったおふさに、番頭は、これ、まだ早い、と制した。

「いいんだよ。だっこしておくれ」

お文は鷹揚に言った。おふさはお吉を抱き上げ、おどけた表情であやした。

お吉は自分が三歳ぐらいの時におふさがやって来たと思っていたようだが、それはお吉の勘違いで、おふさはお吉が生まれて間もなくから女中をしていたのだ。

「お内儀さん、この子は働き者で性格もよろしいです。手癖《てくせ》が悪いとか、男出入りが激しいという心配もござんせん。ただ……」

中年の番頭は、そこでためらう表情になった。

「何かあるのかえ？」

のんだくれの父親がいるとか、金をたかるきょうだいがいるとか、お文はそんなことを考えた。だが、そうではなかった。

「大喰らいなんですよ。めしを喰っている時だけが極楽と思っている奴なんです。それじゃ、こちらさんではお困りでしょうね」

番頭の言葉にお文は、ぷッと噴《ふ》いた。おふさは恥ずかしそうに俯《うつむ》いた。

「そいじゃ、わっちは気張っておふさの米代を稼ぐとしよう」

お文の言葉におふさは驚いて眼をみはり、それから、はらはらと涙をこぼした。よほど嬉しかったのだろう。その場でおふさを雇うことを決め、決まりの手間賃を払った。

おふさは実家の親に奉公が決まったことを告げると、張り切って玉子屋新道の家にやって来た。さあ、それから掃除、洗濯、めしの仕度と、おふさはよく働いた。お吉は日中、ほとんどおふさの広い背中に括《くく》りつけられていた。事情を知らない者はおふさの子供かと思うほどだった。

おふさに子供を取られてしまったよ、苦笑交じりにお文は伊三次に言ったものである。

八

それから間もなく、お文は前田に出向き、女中が決まったことと、そろそろお座敷に復帰する旨《むね》を伝えた。前田のおこうはその言葉を聞いて、心底安堵した顔になった。

「嬉しいことが続くねえ。今年はいい年なのかも知れないよ」

おこうの表情がうきうきしていた。

「お内儀さんにも何かおめでたいことでもございましたか」

お文はそんなおこうに訊いた。

「わかるかえ」

「わかりますとも。お内儀さんと何年のつき合いになると思っているんですか」

「正太郎の祝言が決まったんだよ」

「本当ですか」

お文の声も自然に昂《たか》ぶった。

「ああ。これが青物屋の娘でさ、ほら、うちは大根河岸《だいこがし》の青物屋とも取り引きがあるだろ？　正太郎は仕入れに行って、『八百喜《やおき》』の娘と口を利くようになっていたんだよ。八百喜の娘は、最初、うちの正太郎を前田の料理人だと思っていたらしいよ。その娘は、おちかという名前で、見世の仕事も進んで手伝っていた感心な子なんだよ。でもね、お面はお世辞にも美人とは言えなくて、これまでも縁談は断られ放しだったのさ。年も二十三になっているんだよ」

大根河岸は京橋の近くのやっちゃ場（青物市場）で、八百喜は中堅の青物問屋である。

「でも正太郎さんもいい年ですし……」

「そうそう。年のことなんて、この際、どうでもいいのさ」

縁談が遠退《とおの》いていたおちかに、正月早々、魚河岸の息子からの縁談が舞い込んだ。おちかも、これが最後の縁談だろうと思い、両親を安心させるために是非とも纏まってほしいと願っていたようだ。相手の男は三十六で、病《やまい》で女房を亡くしていた。子供はいなかった。

後添《のちぞ》えでも構わない。おちかはそう思っていた。ところが、正月の晦日に相手の見世は突然潰《つぶ》れてしまった。前々からの借金が嵩《かさ》んで、にっちもさっちも行かなくなったらしい。

相手の男はおちかに何も告げず、両親とともに夜逃げしてしまった。不幸中の幸いだったとおちかの両親や周りの者は慰めたが、おちかは意気消沈した。自分はよくよく運のない女だと、仕入れに来た正太郎にもため息交じりに話したらしい。

　正太郎がどんな言葉で慰めたのか知る由もなかったが、それをきっかけに正太郎とおちかは外で食事をしたり、縁日《えんにち》に連れ立って出かけたりするようになった。お互いの気持ちが固まると、正太郎はおちかを前田に連れて行って、おこうに会わせた。それでもおちかは、まだ正太郎が前田の息子だとは思っていなかったらしい。おこうをおっ母さんと呼び掛けても、芸妓屋の奉公人には、ままあることと思っていたようだ。その勘違いが微笑ましいとお文は思った。

「いつ気づいたんですか」

　お文は含み笑いを堪《こら》える顔で訊いた。

「正太郎が長火鉢の抽斗《ひきだし》を開けて鼻紙を取り出した時だよ。おちかが内所の物を勝手に使っちゃいけないと注意したのさ。正太郎は怪訝《けげん》な顔で、自分ちの物を使って何が悪いと言ったのさ。そうしたら、おちかの奴、正太郎さんは前田の息子さんだったんですか、って鳩が豆鉄砲喰らったみたいな顔をしたのさ」

「可笑しい」

「可笑しいだろ？　あたしが正太郎のことを何んだと思っていたのかと訊くと、前田に奉公している人だと思ってましたと応えたんだよ」

「驚いたでしょうね。奉公人だと思っていた男が芸妓屋の跡取り息子だとわかって。おちかさんにしたら、お伽話《とぎばなし》のようなものですもの」

「お伽話は大袈裟だ。ところが、おちかの親も正太郎のことは知らなかったのさ。知っていたのは八百喜の古い番頭ぐらいなものだったよ」

「正太郎さんは余計なことをおっしゃらない人だから。でも、わっちは正太郎さんの、そういうところが好きですよ」

「言っておくよ。桃太郎姐さんに褒《ほ》められたと大喜びするはずだ」

「それでお式と披露宴はいつになさいます？」

「三月の半ばの、お日柄のいい日にしようと思っているよ」

「おめでとうございます」

「ありがとよ。前田の心機一転だ」

「ええ、そうですね」

「心機一転はお前も同様だ。この機会に三味線でも新調するかえ」

「そうですねえ、二人の子供の母親になったことだし三味線を新しくするのもいいですけど……」

お文は少しの間、思案した。なぜかその拍子に要左衛門の顔が脳裏に浮かんだ。お文、と呼んだその声も甦《よみがえ》る。

「わっちは桃太郎を返上したいと思います」

自然にその言葉が口を衝《つ》いた。

「桃太郎がいやなのかえ」

「いいえ。でも、その権兵衛名は、深川から引き上げて、日本橋のお座敷に出る時、間に合わせにお内儀さんに名づけていただいたものです。こんなに長い間、遣わせていただくとは思ってもおりませんでしたが」

「それじゃ、どんな権兵衛名にしようと思っているのだえ」

「子持ちの芸者に桃太郎は華やか過ぎますよ。わっちは元の文吉《ぶんきち》に戻りたいんですよ」

「深川芸者は男名前で仇《あだ》を競《きそ》う。だけど、昔の文吉とは意味が違うのだろ？」

「え？　どういうことですか」

呑み込めない顔でお文は、おこうを見た。

女にしては背丈があり、いかにも芸妓屋のお内儀としての貫禄もある。含み綿をしているようなふっくらとした頬、少し厚めの唇、丸い鼻は愛嬌が感じられる。二重瞼の眼は、いつも真摯《しんし》なものを漂《ただよ》わせている。贔屓《ひいき》の客はおこうに信頼を置いていた。もちろん、お文も。それだからこそ、今まで前田に身を置き、よそへは移らなかったのだ。

「文吉の吉は娘の名前からいただくことにしたのだろう。お座敷に出ていても、いつも娘が傍《そば》にいるような気持ちでつとめたいと」

そこまでお文は考えていた訳でもないが、おこうに言われて、そうだ、その通りだと納得する気持ちだった。

「お内儀さんのおっしゃる通りですよ」

そう応えると、おこうは笑顔になった。

「桃太郎は今日から文吉だ。どれ、名前入りの手拭いでも配ろうかね」

「ありがとうございます」

「正太郎の祝言で何かと見世はばたばたする。あたしの目配りが足りない時もあるだろう。助けておくれよ、文吉姐《ねえ》さん」

おこうは流し目をくれてそう言った。

「あい〜」

お文も芝居掛かった表情で応える。それから二人は弾《はじ》けるような笑い声を立てた。


それが当時のお文の経緯《いきさつ》だった。子育てとお座敷づとめで夢中に過ごしている内、十年以上も歳月が経った。十年ひと昔と人は言う。

だが、過ぎてしまえば十年もあっという間だった。人生は、これで存外短いものなのかも知れないと、不惑《ふわく》を超えたお文は思う。

お座敷を終え、玉子屋新道の家に戻る時、西の空に三日月、東の空には丸い月を見ることがあった。

――月は誰のもの？

伊与太が要左衛門に問い掛けた言葉が思い出された。

月は誰のものでもない。皆のものでもない。

月は月だ。ただ夜空にあって、青白い光を地上に投げ掛けるだけだ。また、人の心持ちによって、月は喜びの象徴ともなれば悲しみの象徴ともなる。なまじ満ち欠けをする月だからこそ、人々の気持ちが投影されるのだろう。いつも月を美しいと感じていられるように、ありがたいと思っていられるように。お文はそっと掌を合わせて祈る。

要左衛門はもしかして、お文にとっては月のような存在だったのかも知れない。そんな気がしてならないのだった。

九

北町奉行所定廻り同心の不破龍之進は、その日、神田堀《かんだぼり》付近にいた。神田堀に面している富沢町《とみざわちょう》には古手屋《ふるてや》（古着屋）が軒《のき》を連《つら》ねている。龍之進は中間《ちゅうげん》の和助《わすけ》を伴《ともな》って見廻りをしていた。

近頃、ご禁制の品が江戸に流れているという噂があった。ご禁制の品には様々な種類があるが、衣服に関して言えば、正規の手続きを踏まずに持ち込まれる異国の産のものである。わが国は鎖国政策をとっているので、表向きは異国と交易をしないことになっているが、例外はある。肥前国《ひぜんのくに》は阿蘭陀《おらんだ》と交易を許され、長崎の出島《でじま》を通して阿蘭陀の品が入って来る。

同時に薩摩国《さつまのくに》は琉球《りゅうきゅう》と、蝦夷国《えぞのくに》は蝦夷（アイヌ民族）との交易を許されていた。異国で作られたものに興味を示す数寄者《すきしゃ》は多い。袋物屋で扱う紙入れには、更紗《さらさ》、羅紗《らしゃ》、京の西陣織《にしじんおり》などもあるが、人気が高いのは阿蘭陀から持ち込まれる唐桟《とうざん》という木綿縞《もめんじま》である。百年以上前から珍重されていた。とにかく堅牢《けんろう》で目の詰《つ》まりがわが国の物とは段違いである。しかも、しっとりと落ち着いた色合いが美しく、人々の心を捉《とら》えて離さない。

それを真似てわが国の機織《はたお》り職人も唐桟の製作を始めたが、どれほど工夫を凝《こ》らしても、本物の唐桟には一歩及ばなかった。それは気候風土の違いが大きく影響しているのだろう。

異国はどれほど広いのだろうか。時々、龍之進は考えることがある。そこには龍之進が未《いま》だ眼にしたことのない品々が山のようにあるはずだ。交易の間口を拡げれば、それら珍しい品々にもお目に掛かれるというものだが、よいことばかりとは限らない。中には人体に悪い影響を及ぼすものも持ち込まれるだろう。

阿片《あへん》などの麻薬がそれだ。どれほど警戒しても、交易をしている以上は完全に防げない。

一度、それらの麻薬に手を染めたら最後、死ぬまで手離せなくなるという。

その薬は人を陶然とさせる効力があるそうだ。最初からそういう薬とわかって手を出す者は稀《まれ》である。いい気持ちになるとか、疲れが取れるなどと甘い言葉に誘われて、つい試してみるのだ。結果、生きる目的が薬第一となる。習慣性があることも怖い。薬を求める者は、与える者の言いなりとなる。私娼窟《ししょうくつ》の女達の中には、そういう兆候のある者がまま見受けられた。

運よく最悪の事態の前に助け出されても、凄《すさ》まじい禁断症状に襲われるらしい。そういう薬は、断じてわが国に持ち込ませてはならない。町方奉行所の役人として龍之進は強く思っていた。そのための鎖国政策ならば是非《ぜひ》もないとも思う。

富沢町に古手屋が多いのには理由があった。

その昔、徳川家康公が江戸に幕府を開くと、職を求める人々が全国各地から続々と集まって来た。中には浪人、悪党もいて、江戸の町の治安は悪化の一途を辿《たど》った。それには幕府も頭を抱え、何んとかしなければならぬと焦っていた。

北条氏《ほうじょうし》の遺臣を自称する鳶沢甚内《とびさわじんない》という盗賊を捕えた時、幕府は一計を案じた。恐らく、鳶沢の風貌に、ただの盗賊ではない何かが感じられたのかも知れない。今後、盗賊の捕縛《ほばく》に協力するなら死一等を減ずると幕府は鳶沢に告げた。鳶沢はそれを承知した。

しかし、協力するにしても生計を維持しなければならない。鳶沢は古着商いの権利を与えてほしいと願い出た。古手屋の商売を通して、それとなく悪党の動きに眼を光らせるつもりだった。

幕府はそれを了解し、さらに鳶沢町を作ることも許可した。恐らく、その町に鳶沢を留め置いて、監視する意味もあったのだろう。

鳶沢の誘いで同じ穴のむじなの男達は、悪事から足を洗って古手屋稼業に就《つ》いたものと思われる。鳶沢町は後に富沢町と改名された。

その日の見廻りでは、これと言った不審な点は見つからなかった。もっとも江戸の庶民が利用する古手屋にご禁制の品がそうそうあるとは思えないが、世の中は何が起こるかわからない。見世の前に堂々と異国の産と思しき外套《がいとう》が掛けられていたことも過去にはあったのだ。見世の主は、さる旗本のお殿様から持ち込まれたもので、と言い訳していた。さる旗本のお殿様の素性はとうとう摑めず、その古手屋の主は品物を没収された上、罰金刑を喰らってしまった。

「さて、腹が空いたな。蕎麦でもたぐるか」

ひと通り富沢町界隈を見廻ると、龍之進は和助にそう言った。ちょうど昼刻《ひるどき》でもあった。

「竈河岸《へっついがし》に近頃評判の蕎麦屋《そばや》があるそうですぜ」

和助は龍之進の気を惹《ひ》くように言う。竃河岸は富沢町より南にある地域だった。

「入ったことがあるのか?」

「いえ、手前のダチが言っておりやした」

「帰り道だから、寄ってもいいな」

「へい」

和助は嬉しそうに応えた。浜町河岸《はまちょうがし》へ向かって歩き、入江橋《いりえばし》の手前で右に折れると、竃河岸界隈になる。町家はそこまでで、濠《ほり》を挟んだ南は武家地である。竃河岸は小商《こあきな》いの見世が軒を並べていたが、蕎麦屋らしい見世はなかった。

「おい、本当に蕎麦屋があるのか?」

龍之進はいらいらして和助に言った。

「あるはずなんですがねえ。確か『笠屋《かさや》』という屋号でしたが」

和助は辺りをきょろきょろしながら目当ての蕎麦屋を探す。しかし、それらしい見世は一向に見つからなかった。

和助は困り果て、子供相手の駄菓子やおもちゃを売っている見世に声を掛けた。ほどなく着物の上に女物の着物で拵《こしら》えたらしい半纏《はんてん》を羽織った男が出て来た。六尺近い大男で、そんな男に女物の半纏はそぐわないとも感じた。だが、その男の顔を見て、龍之進はぎょっとした。やや肥えて、頰の肉もたるんでいるが、こちらの気持ちを見透かすような眼は変わっていない。

　男は和助に蕎麦屋の場所を教えてくれた。

　その見世から少し戻って小路を入った所に笠屋はあるらしい。和助は頭を下げて礼を言った。男は、いや、なに、と応えて見世に入ろうとしたが、その間際、少し離れた所に立っていた龍之進に眼を留め、はっとした顔になった。

　龍之進は軽く右手を挙げた。そういう仕種が自然に出た。すると男も薄い笑みを浮かべ、久しいのう、龍之進、と気軽な返答をした。

「何をしているのだ」

　龍之進は男に訊《き》いた。男は、かつて龍之進が見習いの頃に追い掛けていた不良仲間の首領の薬師寺《やくしじ》次郎衛《じろうえ》だった。次郎衛は龍之進より四つほど年上だったから、すでに三十三、四になっていよう。しかし、今の次郎衛は四十と言われても、そうかと思ってしまうほど若さが感じられなかった。

「何をしているとはご挨拶だな。見ての通り、餓鬼相手の駄菓子屋の親仁《おやじ》よ」

　次郎衛は皮肉なもの言いで応える。

「武士を辞めて町人になったってことか」

「その通り。というより、おれは勘当された口での、こうするより他に生きる術《すべ》がなかったのよ」

「おぬしの腕があれば町道場の師範代ぐらいにはなれたものを」

「まあな。だが、女房が剣術に手を染めるのを喜ばなかったのよ。餓鬼相手だが、これがなかなか繁昌している。もうすぐ手習所《てならいどころ》帰りの餓鬼どもがわらわらとやって来る。おれは万引に眼を光らせておればよい」

次郎衛は嬉しそうに言う。それは無理をしているようには見えなかった。

「お前さん、お客様？」

中から細い声が聞こえた。

「いや、昔の知り合いだ」

次郎衛は振り返って応える。

「お知り合いなら、お茶をお出ししなきゃ」

言いながら出て来た女房の顔を見て、龍之進は大袈裟でもなく息が止まる思いがした。芸妓屋の前田にいた小勘《こかん》という芸者だった。

妻のきいと一緒になる前、龍之進は小勘となじんでいた。いや、なじんでいたと言うのも適切ではないだろう。龍之進は小勘と理《わり》ない仲だった。小勘が前田にいた頃、龍之進は前田に入り浸《びた》り、自堕落《じだらく》な生活を送っていた。母親のいなみに対する反抗が、そんな態度を取らせていた。

　小勘とは、さして考えずにそういう仲になったのだ。小勘から妻にしてほしいと言われ、龍之進は慌てた。そんなつもりはなかったからだ。だが、小勘は龍之進の妻になることをひたすら夢見ていたらしい。のらりくらりと躱《かわ》す龍之進に業を煮やし、小勘は脅《おど》すような態度に出た。龍之進はようやくそこで眼が覚めた。自分がとんでもない間違いを犯したことに気づいた。宥《なだ》めて諦めさせようとしたが小勘は承知しなかった。仕舞いには、龍之進に遊ばれて捨てられたと奉行所に訴え出ると息巻いた。龍之進の窮地を救ってくれたのがお文である。お文は有無を言わせず小勘に手を引くよう命じ、お内儀のおこうと相談して別の芸妓屋に鞍替《くらが》えさせた。それで一件落着し龍之進は心底安堵したが、時間が経つにつれ、後ろめたさが募《つの》った。不始末を他人に任せてしまった自分は卑怯者だという思いが拭《ぬぐ》い切れなかった。小勘は、前田のお内儀とお文の前では反論することもできなかっただろう。

仮に反論したところで、鮮やかな啖呵《たんか》を切るお文には敵《かな》わないし、借金のある前田のお内儀にも、もちろん敵わない。小勘は涙を呑んで言われた通りにするしかなかったのだ。小勘の気持ちが痛いほどよくわかった。

小勘の父親は、ことあるごとに娘に銭を無心する男だった。暮らしのためだったら小勘も仕方がないと思っただろうが、父親は無心した金をほとんど酒代に充《あ》てていた。そのために小勘は前田に借金をし、それは増えるばかりで一向に減らなかった。母親は飲んで暴れる父親に愛想を尽《つ》かし、とうの昔に家を出ていた。小勘のきょうだい達も父親の家には寄りつかなかった。独り暮らしの寂しさもあって、父親はますます酒に溺れる始末だった。

そういう小勘の事情を龍之進は上の空で聞いていた。所詮、他人事《ひとごと》だと、その時は思っていた。

小勘は突然現れた龍之進に驚き、二の句も告げない様子だった。

「小勘、元気にしていたか」

龍之進は少し落ち着くと、そう言った。お蔭様で、と低い返答があった。

「あの時はすまなかった。堪忍してくれ」

龍之進は膝《ひざ》に両手を置いて頭を下げた。小勘に再び会う機会があったら、ちゃんと詫《わ》びたいと前々から考えていたのだ。それがその日になった。

「へえ、二人は顔見知りだったのかい」

次郎衛は興味深そうな表情で二人を交互に見た。

「若旦那。今さら謝っていただいても仕方がありませんよ。皆、済んだことですから」

小勘は切り口上でそっぽを向く。

「いや、あの頃のおれは、世の中のことも、先のことも何も考えていないばか者だったのだ。お前に辛い思いをさせてしまったことは本当に後悔している」

「若旦那、世間知らずは相変わらずでございますね。今のあたしはこの人の女房ですよ。

亭主の前で、ぬけぬけと昔の色恋沙汰《ざた》を口にするなんて、どうかしてますよ」

小勘は不愉快そうに顔をしかめた。

「そうか。おのぶが振られた男ってのは、龍之進だったのか。世間は存外に狭いものだな」

次郎衛は気分を悪くするどころか、愉快そうに笑い声を立てた。おのぶは小勘の本名だった。

「次郎衛が亭主なら、おれも安心だ。次郎衛はおれよりずっと優れた男だ。おれが太鼓判を捺《お》す」

龍之進は精一杯次郎衛を持ち上げる。

「若旦那に太鼓判を捺されたって……」

そんなことは何んの足しにもならないと言いたかったのだろう。

「次郎衛とは色々あったんだ。おれはよくわかっている」

「おっと、その先は言わぬが花よ」

次郎衛は慌てて制した。次郎衛は傍《そば》に和助がいることを意識してそう言ったのだろう。

「そうだな。言わぬが花だな」

龍之進も素直に応えたが、その瞬間、次郎衛との様々な場面が走馬灯のように頭の中を駆け巡った。

「おぬしと久しぶりに話がしたくなった。どうだ、近々、会って飲まぬか」

龍之進は笑顔で誘った。

「昔話を語るってか？　年寄りでもあるまいし」

次郎衛は皮肉に吐き捨てる。

「いやなら無理にとは言わぬが」

「本気で言ってるのか？」

つかの間、次郎衛は真顔になった。

「ああ、本気だ」

「こんな駄菓子屋の親仁になり果てたおれに同情して、そんなことを言うのか」

「同情なんてするか。人の生き方は様々だ。駄菓子屋の親仁でも旗本の倅でも、次郎衛は次郎衛だ。おれはそう思っている」

「相変わらず青臭いことを抜かす男だ。おのぶ、こいつは昔、おれと友達になりたいとほざいたのよ。その時は笑い飛ばしたが、後で、そんなことを言ったのはこいつだけだったと気づいた。その気持ちは悪くなかった」

「うちの人とお飲みになりたいのでしたら、若旦那、むさ苦しい家ですけど、ご遠慮なくお越し下さいましな。あたしはお座敷がありますので、お構いできませんが」

次郎衛が龍之進に対して悪い感情を持っていないと知ると、小勘はようやく表情を和《やわ》らげた。

「今でもお座敷に出ているのか」

「ええ。浜町河岸の芸妓屋さんにお世話になっております。駄菓子屋の売り上げだけでは家賃もろくに払えませんから。でも、前田から離れたお蔭で疫病神《やくびょうがみ》のてて親とも縁を切ることができましたよ。去年、てて親は酒毒《しゅどく》が祟《たた》って死んだと、風の噂で知りましたが、あたしは弔《とむら》いにも行きませんでした」

「前田のお内儀と文吉を恨んでいないのか」

「最初は恨みましたよ。あの二人は若旦那を身内のように可愛がっておりましたから、あたしの出る幕もありませんでした。でも、お内儀さんはあたしの借金を帳消しにしてくれ、文吉姐さんは今の芸妓屋のお内儀さんに、これこれこういう事情の妓《こ》だから、もしも、てて親がやって来ても取り合わないようにと念を押してくれたんですよ。あたしにとってはこれでよかったんです」

「そう言ってくれると気が楽になる」

「ですから、どうぞ、うちの人と飲んでやって下さいまし」

「本当にいいのか」

「ええ」

「おれを許してくれるのか」

「だからそれは済んだことだと、何遍《なんべん》も申し上げているではありませんか」

「恩に着る」

「おれは暇だから、いつでもいいぞ」

次郎衛は機嫌のよい声で言った。

「ならば、都合をつけて、この和助に言づけさせる」

「待ってるぜ」

次郎衛は嬉しそうに笑顔を見せた。

十

次郎衛と小勘に会い、龍之進は胸がいっぱいだったので、その後に立ち寄った笠屋の蕎麦が、うまいのかそうでないのか、もうひとつわからなかった。和助はうめェ、うめェと言っていたが。

帰りに次郎衛の見世の前をまた通ったが、手習所帰りの武家の息子やら、近所の子供達やらが見世の中にひしめいていて、次郎衛はその対応に追われ、龍之進には気づかなかった。

「あの男は誰なんですか？　若旦那とは親しいご様子でしたが」

和助は歩みを進めながら訊いた。和助が不破家の中間になったのは、ずっと後のことだから、次郎衛との繋《つな》がりは知らなかった。

「ふむ。元は旗本の倅よ」

「まさか」

「本当だ。次男に生まれついたのが不運としか言いようがない。剣術の腕は大したものだった。おまけに足も速く、敏捷《びんしょう》だった。あいつを見て、世の中は、上には上があるとつくづく思ったものよ」

「若旦那の剣術の腕も相当なものだと思いますが」

「いや、おれはあいつの足許にも及ばなかった」

「次男なら、よそに養子に行く話もあったでしょうに」

「そうだな。だが、そうはならなかった」

「なぜですか」

「素行が悪かったのだ」

「だから勘当されたんですか」

和助は納得して言う。龍之進はそれには応えなかった。身から出た錆《さび》とはいえ、次郎衛は何も駄菓子屋の親仁をしなくても、他に幾らでも行くべき道があったはずだ。だが、今の次郎衛を不倖せとは思わなかった。小勘と所帯を持ち、ようやく寛《くつろ》げる場所を見つけたようにも見える。これでよかったのか、そうでないのかわからないが、自分と酒を酌《く》み交《か》わしながら昔話を語る気にもなっている。

それは次郎衛にすれば大変な進歩だ。世の中がすべて敵のように考えていた次郎衛は、胸に溜まったうっぷんを晴らすかのように仲間と突飛な行動に走り、世間を騒がせた。下男の作蔵《さくぞう》は次郎衛のせいで命を落とした。恨んでいた。憎んでもいた。何が何でも奴の尻尾を摑み、幕府の目付《めつけ》に訴え、切腹に追い込んでやると固く心に誓っていた。しかし、そんな龍之進をあざ笑うかのように、次郎衛には、すんでのところで、するりと躱《かわ》された。

——本所無頼派《ほんじょぶらいは》。

懐かしく、ほろ苦い思い出がこもった連中の名である。それに対抗するように龍之進ら見習い同心の面々は八丁堀純情派と青臭い名を掲《かか》げたものだ。

本所無頼派は六名だった。首領の薬師寺次郎衛は幕府小十人格《こじゆうにんかく》薬師寺図書《ずしょ》の次男。当時は十八歳だった。志賀虎之助《しがとらのすけ》は幕府小普請組《こぶしんぐみ》志賀善兵衛《ぜんべえ》の三男で同じく十八歳。後に御小納戸役《おこなんどやく》の家に養子に入ったという。現在は青木虎之助《あおき》となっている。長倉駒之介《ながくらこまのすけ》は旗本三千石長倉刑部《ぎょうぶ》の三男で、本所無頼派を支えていた資金源たる存在だった。当時は十六歳。

駒之介は他家に養子に入るも素行不良で養子先から戻され、しばらく実家にいたが、その内に痞《つか》えという病《やまい》を発症し、奇矯《ききょう》な振る舞いが増え、切羽詰まった家族は駒之介を自宅の座敷牢に幽閉した。駒之介はその座敷牢で二十代半ばで亡くなっている。杉村連《すぎむられん》之介《のすけ》は当時十七歳で、小姓組番頭《こしょうぐみばんがしら》杉村三佐衛門《さんざえもん》の次男だった。こちらは父親と同じ小姓組の家に養子に入り、恙《つつが》なく務めを全うしている。今は高橋《たかはし》連之介である。

この他に鍛冶《かじ》職人の貞吉《さだきち》と骨接《ほねつ》ぎ医《い》見習いの直弥《なおや》がいた。二人とも十七歳だった。貞吉は行方知れずとなっており、直弥は駒之介に斬《き》られて死んだ。

そこまで詳細に覚えているのは、それだけ龍之進達も本所無頼派を捕まえることに躍起となっていたからだ。

龍之進達が焦《あせ》ることはなかったのだ。時が来れば、いずれ彼らは崩壊する宿命《さだめ》だった。しかし、若さが分別をなくし、本所無頼派の噂を聞きつければ、後先も考えずに追い掛けた。

何か大きな事件が持ち上がると、それは彼らの仕業《しわざ》ではないかと、まず疑うのが当時の龍之進達の癖だった。そのために眼が曇り、本質を見失うことも度々だった。

彼らを追い掛けることでおのずと同心の鍛錬となっていたのだと、今なら思える。

諦めないこと、焦らないこと、騒がないこと、冷静沈着に行動すること。龍之進ら八丁堀純情派が体得したものはそれだ。本所無頼派は自分達の反面教師とも言えた。

本所無頼派は非道を働く連中だったが、殺しや盗賊の真似はしなかった。それが彼らの掟《おきて》でもあったのだろう。その掟が崩れたのは、駒之介が辻斬《つじぎ》りを働くようになった辺りからだ。思えば、その頃から駒之介の精神は尋常でなかったのかも知れない。直弥は駒之介に同行していた。龍之進達は何日も前から駒之介の行動を見張っていた。そして、ついにその現場に遭遇《そうぐう》した。だが、駒之介は素性が割れるのを危惧《きぐ》し、直弥を斬って逃走した。直弥は近くの辻番《つじばん》の小屋に運んで介抱したが、間もなく命を落とした。意識のある内、駒之介が辻斬りを働いていた事実を聞き出そうとしたが、とうとう、それは叶わなかった。ために駒之介の身は守られた。

また長倉家の威光も駒之介には有利に働いたようだ。旗本のお大尽《だいじん》の息子なら罪を犯しても逃れられるのか。それが世の中か。龍之進は理不尽でならなかった。

後年、駒之介が自宅の座敷牢で亡くなったと知ると、例繰方《れいくりかた》同心をしている西尾左内《にしおさない》はしみじみ言ったものだ。天網恢々疎《てんもうかいかいそ》にして漏《も》らさず、だなと。

その諺《ことわざ》は「魏書《ぎしょ》」という書物の中にあって、万物に巡《めぐ》らされている天の網《あみ》はあまりに大きく、その目は粗《あら》いようであっても、決して網の外に漏らすことはない。悪事を働けば必ず天罰が下るというたとえだと教えてくれた。

左内も八丁堀純情派の一員で、龍之進が子供の頃からよく知っている男だった。調べものが得意で、困ったことがあれば奉行所に保管してある文献を頼りに適切な知恵を与えてくれる。駒之介の早過ぎる死は天罰だったのだろうか。そうだとしても、駒之介の罪は追い掛けていた自分達の手でけりをつけたかった。天の力を借りなければ裁けない罪など、この世にあってはならないと龍之進は思ったものだ。

直弥が死ぬと、鍛冶職人の貞吉は途端に落ち着かなくなったらしい。本所無頼派の中で町人は直弥と貞吉だけだった。町人は武士に無礼討《ぶれいう》ちをされても文句が言えないところがある。実際は、人ひとりを斬ったのなら、たとい武士といえども何んらかの取り調べを受けるものだが、貞吉は、そうは考えられなかったらしい。もしも駒之介に呼び出され、直弥と同じ情況になったら、自分も斬られるかも知れないと脅《おび》えたのだろう。貞吉は誰にも告げずに、しばらくすると住まいにしていた裏店から姿を消した。貞吉の行方はそれ以来、わかっていない。

残された本所無頼派は次郎衛と杉村連之介、志賀虎之助の三人になってしまった。その時点で本所無頼派解散の話が持ち上がっても不思議ではなかった。いや、解散するべきだったのだ。資金源の駒之介が半ば手を引いている情況では自由な行動も制限される。早い話、行きつけの湯屋の二階で茶を飲み、菓子を食べても金は掛かる。三人とも次男、三男の冷やめし喰いの立場では与えられる小遣いにも限りがあった。次郎衛は女衒《ぜげん》の真似をして、金を稼いだ。それが露見すると、次郎衛は父親から厳しく叱責されたらしい。

だが、それで了簡《りょうけん》を入れ換える次郎衛ではなかった。薬師寺家での彼の立場は相変わらず冷やめし喰いのままである。次郎衛はすぐさま次の手を考える。それは金のありそうな大店の主《あるじ》に眼をつけ、弱みを握って脅迫することだった。

弱みとは、怖い女房の眼を盗んで、外に女を囲っているとか、廻船問屋《かいせんといや》の主なら抜け荷をして私腹を肥やしているというものだった。

脅迫されて出した金が一度で済んだためしはない。それは常に元金の一部でしかないのだ。そして元金は決して減ることがない。

外に女を囲っていた商家の主は切羽詰まり、奉行所に訴え出た。このまま金を出し続けていれば、いずれ見世は潰れると危惧したのだ。

それに比べれば、怖い女房との修羅場《しゅらば》は取るに足りないものだった。

八丁堀純情派は張り切った。これで次郎衛を刑場に送れる。そうでなくてもご公儀から切腹の沙汰が下されるはずだと。だが、見習い同心の指導役だった与力見習いの片岡《かたおか》監物《けんもつ》は龍之進達に、もはや手出しは無用と言った。本来、町方奉行所は町人を取り締まるのが本分で、武士は管轄外である。武士はご公儀の役人に任せておけばよいと。そんなことは監物に改めて言われなくても八丁堀純情派の面々は十分に承知していた。

監物の言葉に緑川鉈五郎《みどりかわなたごろう》は異を唱えた。長倉駒之介が勘当され、屋敷の外に放り出されたところを捕縛せよと北町奉行に命じられたことがあった。龍之進達は張り切って駒之介を捕縛したが、それは奉行と長倉家との納得ずくのことだと後でわかった。

奉行も駒之介の父親も駒之介に灸《きゅう》を据《す》えるぐらいのつもりだったのだ。結果、駒之介にも長倉家にも、何んの咎《とが》めもなかった。

「我らはとんだ茶番劇を演じただけでござる」

鉈五郎がそう言うと、監物は青筋を立てて怒鳴った。

「生意気を言うな。見習い同心の分際《ぶんざい》でお奉行に逆《さか》らうつもりか！」

「逆らうつもりはございませぬ。ただ、あの出動は何んだったのかと疑問に思っておるだけでござる。駒之介は勘当されて浪人となったので、捕縛は町方奉行所の手に委《ゆだ》ねられるという理屈はわかります。その通り、我らは駒之介を捕えました。しかし、駒之介は何んの罪にも問われておりませぬ。おかしいではないですか。それは拙者だけでなく、見習い組の誰もが思っていることでござる」

鉈五郎は冷静な表情で言った。

「これには色々と複雑な事情があるのだ」

監物は困惑の態《てい》で応える。

「その事情とやらは、我らは聞いておりませぬ。よろしければここでお聞かせ下され」

「ごちゃごちゃとうるさいことを言う男だ。不破、おぬしも緑川と同意見か？」

いきなり監物に問われ、龍之進は二、三度、眼をしばたたいたが、はい、と応えた。

おぬしはどうだ、と監物は他の者にも訊く。橋口譲之進《はしぐちじようのしん》、春日多聞《かすがたもん》、古川喜六《ふるかわきろく》、西尾左内は、互いの顔色を窺《うかが》いながらも鉈五郎の意見を支持した。

「貴様ら、短慮な行動はせぬと、反省文を提出したではないか。あれはその場しのぎのまやかしか」

「まやかしではありませんが、次郎衛のやることは町のごろつきと変わりがありません。駒之介とは趣《おもむき》を異にしておりまする」

龍之進は何んとか監物に納得してほしいという気持ちでそう言った。

「何が趣を異にするだ。趣もへったくれもない。よいか。貴様らが騒げば、ご公儀の役人が黙っておらぬ。武士の罪はご公儀に任せろと言っておるのだ」

「任せてけりがつくのかな」

譲之進が独り言のように呟いた。

「橋口、ろくな働きもできぬくせに、ああだこうだほざくな」

「ああだこうだなど言っておらぬのに」

譲之進は、またぶつぶつと言う。春日多聞がぷッと噴いた。監物はじろりと多聞を睨んだ。

「それほど次郎衛の捕縛に難色を示すのであれば、片岡さんのお立場もあることですし、しばらく様子を見ることに致しまする」

鉈五郎が態度を和《やわ》らげたので、つかの間、監物はほっとした表情になった。

「ただし、今後、ひと月、ふた月過ぎても、何んの展開もないとしたら、拙者はまた本所無頼派の探索を始めるかも知れませぬ」

「おれを脅すのか」

監物は情けない表情で鉈五郎に訊く。

「脅すつもりは毛頭ありませぬ。我らは悪事に手を染める者を放っておきたくないだけでござる。相手がたとい、武士だとしても」

「だから、武家の捕縛は、町方奉行所はできぬと何遍も言っておるではないか」

監物はうんざりした顔で同じ言葉を繰り返した。

「拙者、用事がありますので、これにて失礼致しまする。ごめん」

鉈五郎は監物の口を封じるように、一礼して腰を上げると、そそくさと同心部屋から出て行った。しぶとい探索をする緑川鉈五郎は、その頃から隠密廻《おんみつまわ》り同心としての資質を備《そな》えていたのである。監物は困り果て、西尾左内に何んとか皆を説得せよ、と言った。それは哀願に近かった。

「拙者、町方奉行所が武家を捕縛する事例が過去にあったかどうか調べます。何かきっかけを摑めるかも知れません」

「お前まで……」

監物は深いため息をつき、もうそれ以上、何も言わなかった。

十一

それからしばらく、次郎衛の噂を聞くことはなかった。このまま本所無頼派の行動は収束するのだろうか。龍之進はぼんやり考えていた。ところが、古川喜六が新たな展開となる話を見習い組に持って来た。それは次郎衛に養子の話が持ち上がったというものだった。

朝の同心部屋の隅で、喜六は声をひそめて皆に話した。監物がやって来るつかの間のことだった。

「どこからその話を聞いた」

譲之進は、ぐっと身を乗り出した。他の者も同様に喜六を見つめた。

「実は実家から呼び出しがあって、行ってみると次郎衛の父親が待っていたのです」

喜六の実家は柳橋《やなぎばし》の「川桝《かわます》」という料理茶屋だった。喜六は町人から古川家の養子となり見習い同心に就《つ》いた男である。

「小十人格の薬師寺図書殿ですね」

すかさず西尾左内が言う。

「ええ。わたしが仲間だったこともそれとなくご存じだったので、次郎衛に縁談があることをおっしゃったのでしょう。同じ小十人格の同僚で、次郎衛のことを承知の上で娘の婿《むこ》に迎えようとしたらしいです」

かつて喜六も本所無頼派の一員だった。それは見習いに上がる前のことだが。

「太っ腹な御仁《ごじん》だの」

譲之進は感心した顔でそう言った。

「はい、確かに。薬師寺殿も、これが次郎衛にとって最後の機会だろうとおっしゃっておりました」

「いかさまな」

緑川鉈五郎も相槌《あいづち》を打った。

「しかし、今の次郎衛がおとなしくその話を受けるかどうかは、はなはだ心許ないとおっしゃいました。薬師寺殿のご心配は無理もありません。次郎衛は今やたがが外れた桶《おけ》のようなもので、心と身体がばらばらなのです」

喜六は吐息交じりに言う。

「それで、薬師寺殿は喜六さんに何をおっしゃりたかったのですか」

龍之進は話の続きを急《せ》かした。

「この縁談がうまく行かなくなった場合、薬師寺殿は次郎衛を勘当する覚悟だとおっしゃいました」

「もはや、実の父親でも倅《せがれ》を諫《いさ》めることは難しいのだな」

春日多聞は訳知り顔で言う。

「例の脅迫事件は薬師寺殿が相手先に出向き、金を返して謝ったそうです。相手側も訴えを取り下げるでしょう」

「何んだ。親父に尻ぬぐいさせたのか。呆れた奴だ」

譲之進は苦々しい表情で言う。

「で、勘当となった時は、我らに捕縛してほしいと頭を下げられました」

喜六は、それが肝腎とばかり、早口に続けた。

「我ら？　そうなったら、他の同心達でもよかろう。奉行所が一丸となって次郎衛を捕縛するのだ」

鉈五郎は怪訝そうに言う。

「いや、薬師寺殿は、たって我らにとおっしゃいました」

「なぜだ」

鉈五郎は喜六を睨むように見た。

「我らが奉行所の中で、もっとも次郎衛のことを知っているからです」

「それだけですか。何んだか腑に落ちませんが」

龍之進が口を挟《はさ》むと、喜六は言い難いのか、首の後ろに手をやった。

「はっきり言え、喜六」

譲之進は詰め寄った。

「そのう、気を悪くしないで聞いて下さい。薬師寺殿は、他の不浄《ふじょう》役人の手に掛かるぐらいなら、我らのほうがましだというようなことをおっしゃいました」

「おのれ、不浄役人とは何んたる暴言。次郎衛も次郎衛なら、親も親だ」

譲之進は怒りを露《あら》わにした。町方奉行所の役人は同じ武士でも町人、浪人の犯罪を取り締まる役目なので、幕府の役人達の中には不浄役人と貶《おとし》める者もいた。事実、将軍にお目見《めみえ》が叶うのは北町奉行ただ一人だけで、与力は本来、旗本格だが、お目見はできない仕来《しきた》りだった。

「橋口さん、落ち着いて下さい。すみません。極端な話をしてしまいました。もちろん、薬師寺殿は次郎衛が捕縛されるなど望んでおりません。そうならないように、我らに次郎衛の行動を監視してほしいということなんです」

喜六がそう言うと、多聞は、やったな、と掌《て》を打った。多聞は普段からあまり感情を表に出さない男なので、その反応に龍之進は少し驚いた。本所無頼派に関しても、他の皆が追い掛けているから、仕方ないとは言わないまでも、歩調を揃えていると思っていた。だが、多聞もやはり八丁堀純情派の一員だった。

内心では本所無頼派のやり方に憤《いきどお》りを感じていたのだ。龍之進はそれに気づくと、大層嬉しかった。

「これでお墨付《すみつ》きを貰ったようなものだ。他の者はともかく、次郎衛だけは我らが捕縛できる」

左内も笑顔で言う。

「このことを片岡さんに言っておくのか」

銈五郎は監物の出方を心配する。

「どうしましょう」

喜六は心細い表情で皆の顔を見回した。

「言えばまた、ごちゃごちゃとうるさいぞ。お奉行の面目だの、ご公儀への言い訳を何んとするだのと」

譲之進はうんざりした顔で言う。

「よし。片岡さんには、もう少し黙っていることにするか。いよいよとなった時に報告すればいい」

銈五郎の言葉に一同は大きく肯《うなず》いた。その時点で、務めに支障が出ないように次郎衛の見張りを交代ですることを決めた。しかし、それが間違いだったと後で気づくことになる。

次郎衛はせっかくの養子縁組の話に耳を貸さず、新たな事件に手を染めてしまったからだ。

身代金を取る目的で商家の娘をかどわかしたのである。

深川の海辺大工町《うみべだいくまち》に住む材木仲買人の娘が茶の湯の稽古《けいこ》に行った帰りに連れ去られてしまった。女中がついていたが、稽古の帰りに十三歳になる娘は女中と一緒に茶店に立ち寄り、草団子を食べたという。母親にはまっすぐ帰るようにと言われていたが、女中も十六歳と、まだ遊びたい年頃だった。家に戻ればすぐさま仕事をしなければならない。女中は時間潰《つぶ》しの意味でも、娘に誘われたら女中は、いやとは言えない。いや、むしろ、女中のほうから、ちょっと息抜きして行きましょうかと持ち掛けたふしもあった。そういうことが、これまでも度々あったらしい。娘の父親は深川では中堅の商いをする材木仲買人で、仲間内では「丸福《まるふく》」と呼ばれている丸屋福太郎《まるやふくたろう》だった。深川の材木問屋と深い繋がりがあり、これまでも大きな仕事を紹介して巨利を得ていた。

おなつという娘は福太郎の末っ子で、上に三人の息子がいたが、娘はおなつだけである。

福太郎の可愛がりようも大変なものだった。

着物や頭につける飾りも並の娘達とは違っていた。そんな娘が往来に面した茶店にいれば、いやでも眼についた。その日、稽古がいつもより遅くなり、帰宅すればすぐに晩めしとなるのだが、女中のおきたは、当然のようになじみの茶店へ足を向け、おなつも敢《あ》えて反対しなかったらしい。

陽《ひ》が傾き、辺りに夕暮れが迫っていた。通り過ぎる人々の顔も朧《おぼ》ろに見える時刻だった。

団子を食べ、茶を飲み終えると、おきたは少し焦る気持ちでおなつに帰宅を促《うなが》した。晩めしの手伝いをしなかった後ろめたさを感じていたのだろう。茶代を払おうとした時、新たにやって来た若い男とぶつかり、おきたは銭の入った巾着《きんちゃく》を取り落とした。その巾着は何かあった時に遣《つか》えとお内儀から預かっていたものである。小銭が派手に散らばった。

おきたは見世の女と一緒に銭を拾い、ようやく茶代を払った。さあ、それではお嬢さん、参りましょうか、とおなつを促したが、緋毛氈《ひもうせん》を敷いた床几《しょうぎ》におなつの姿はなかった。

「あれ、お嬢さんはどこへ行ったのだろう」

おきたは辺りをきょろきょろ見回したが、おなつの影も形も見えなかった。茶店の女も、そろそろ見世を閉める時刻だったので、一人しか残っておらず、おまけにおきたの銭を拾うのを手伝ったので、おなつが出て行ったのには気づかなかった。おきたにぶつかった若い男の姿もなかった。

「先にお帰りになったんじゃござんせんか」

茶店の中年の女は、そんなことを言った。

そうか、先に帰ったのかも知れない。おきたは深く考えずに、そのまま家に戻った。だが、おなつは帰っておらず、おきたは主の福太郎とお内儀のおさつに激しく叱責された。それから見世の手代、番頭、下男がおなつを捜したが、とうとう見つからなかった。

翌日になって福太郎は近所の自身番に届けを出した。うっかり足を踏み外して小名木《おなぎ》川《がわ》にでも嵌《はま》ったのではないだろうかと、おなつの両親は生きた心地もなかった。おなつは、知恵が遅れている訳ではないが、少しぼんやりしたところのある娘だった。人手を頼り、小名木川を調べたり、怪我を負って動けずにいるのではないか、はたまた急な病に襲われて、近所の家で介抱されているのではないかと、茶の湯の師匠の家から自宅のある海辺大工町一帯をくまなく捜したりした。

だが、翌日も、翌々日もおなつの行方は杳《よう》として知れなかった。

おなつが行方知れずとなってから四日目に丸屋に投げ文《ぶみ》が届いた。それには娘を預かっている、返してほしければ二百両を用意しろ、奉行所に知らせたら娘の命はないものと思え、と書かれていた。丸屋福太郎とおさつは、そこで初めて娘がかどわかされたのだとわかった。その投げ文には金を渡す場所が書かれていなかったので、いずれまた知らせが来るものと思い、息を詰めるような気持ちで待っていた。

深川の門前仲町《もんぜんなかちょう》界隈を縄張りにする岡っ引きの増蔵《ますぞう》は、おなつが行方知れずとなっていることを、それとなく知っていた。海辺大工町の岡っ引きが、おなつらしい娘を見掛けなかったかと、増蔵が詰めている自身番にもやって来たからである。

増蔵は気をつけておくと、その時は応えていた。だが、もう一度、五助《ごすけ》という名の岡っ引きがやって来て、丸屋の様子がおかしいと言った。五助が日に一度は丸屋に顔を出すのを煩《わずら》わしいと思っているようだと。それに見世の小僧や手代が通りに出て、誰かを待っている様子もあると。どういうことなのか見当がつくかと訊《たず》ねられ、増蔵はおなつが行方知れずとなった理由を丸屋が知っているものと察しをつけた。それが公《おおやけ》にできないものとすれば、かどわかしだろう。五助には、はっきりと言わなかったが、増蔵は髪結いの伊三次を通して定廻り同心をしている不破友之進に知らせた。増蔵も伊三次も不破の息が掛かった小者《こもの》（手下）だった。

不破はしばらく、定廻り同心の仲間や隠密廻り同心の緑川平八郎《みどりかわへいはちろう》に声を掛け、それとなく丸屋の周辺を見張った。すると、浅草の両替商が金を運んで来たのに気づき、娘がかどわかされ、身代金を要求されているものと確信した。下手人の目星はつかなかった。だが、不破が内々の話だと釘を刺して龍之進に打ち明けた時、間髪を容《い》れず、それは本所無頼派かも知れませんと応えた。

「まさか。奴らはそこまでしねぇだろう」

不破は意に介するふうもなく言った。だが、今の本所無頼派は昔と違う、本気で資金集めをしている様子だから、あり得ぬことではないと龍之進は言う。不破は思案顔で、しばらく黙った。

「その件、我らにお任せを」

龍之進は早口に続けた。

「待て。まだ奴らの仕業とは決まっておらぬ。伊三次を丸屋に行かせて、それとなく様子を探らせる。髪結いが丸屋に出入りしたところで怪しまれぬ。お前達ではすぐにばれる」

不破は、はやる龍之進を制した。龍之進は一応、父親に従ったが、仲間にはこういうことがあると知らせた。伊三次の返事があるのを大袈裟でもなく、龍之進達は首を長くして待った。

伊三次の答えは十中八九、かどわかしだと思いやす、というものだった。女中のおきたにも当時の事情を訊ねると、茶店で金を払おうとした時、武家ふうの若い男が自分にぶつかったという。おきたはそこで巾着を取り落とし、銭を拾っている間に若い男もおなつも姿が消えたと応えた。その話を丸屋福太郎は初めて聞いたので、なぜ、それを先に言わぬとおきたを叱り、おきたはめそめそ泣いた。

金の受け渡し場所は本所の四ツ目《よめ》の渡し場だと、福太郎は渋々、伊三次に言った。だが、日時はまだ知らされていなかった。恐らくは、ここ数日以内に、また連絡が来るだろうということだった。

　本所の竪川《たてかわ》は大川から数えて順に一ツ目之橋、二ツ目之橋と橋が架《か》けられているが、四ツ目だけは橋でなく渡し舟で川を渡る。その時点では、引き渡しが本所側になるのか深川側になるのか明らかにされていないという。

　それは行ってみなければわからない。丸屋はとり敢《あ》えず、深川側で待つ様子だった。丸屋はくれぐれも内密にしてくれ、そうでなければ娘の命は助からないと、涙ながらに言っていたそうだ。

「奴らが本所で待機しているとすれば、丸屋は渡し舟でそちらに渡る。深川側にいたとすれば、そこで行なわれる。ふたつにひとつ。賭けですね」

　龍之進は腕組みして思案を巡らせた。

「本所は大横川《おおよこがわ》辺りまでは賑やかですが、そこから先の横十間川《よこじつけんがわ》となると、武家屋敷と田圃《たんぼ》ばかりになりやす。下手人は、いってェどこに娘を隠しているのか見当もつきやせん」

　伊三次はそう言った。

「しかし、伊三次さんはよく丸屋からかどわかしの話を引き出せましたね」

　龍之進は、そこで初めて気づいたように言った。

「それは旦那のお指図ですよ。まあ、手前も出入りの髪結いを装っておりましたが。ああ、ついでに丸屋の旦那の頭もやらせていただきやした。旦那もお内儀さんも心ここにあらずという態《てい》で、頭もずい分、そそけておりやしたもので」

「どんな時も商売を忘れないところはさすがですね」

「皮肉ですかい」

伊三次は上目遣《うわめづか》いで龍之進を見た。

「いえ、そんなつもりはありません。感心しているだけです。さて、これからどのように事を運ぶか、仲間と相談しなければなりません」

「手前が申し上げるのも何んですが、金の受け渡しが終わらねェ内は、滅多なことはならねェほうがよろしいかと思いやす。それより、娘が監禁されている場所に当たりをつけて置くのが先じゃねェですか。十三の娘ならめしを喰わせるだけじゃ、おとなしくしておりやせんよ。菓子だの、絵本や手遊びのおもちゃなども与えていると思いやすが」

「龍之進、本所の大横川から横十間川の間で、その手の駄菓子屋やおもちゃ屋などを探れ。不似合いの客が訪れているやも知れぬ。だとすれば、丸屋の娘は近くにいる」

それまで黙っていた不破が大声で言った。

龍之進は次郎衛を捕縛することに気がはやっていたので、不破の命令が半ば煩《わずら》わしかった。つい、顔にも出たようだ。

「お前な、肝腎《かんじん》なことを忘れているぜ」

不破は醒《さ》めた表情で息子を見た。それから、おもむろに続けた。

「下手人を挙げることより、娘を無事に助け出すのが先だ。奴らの仕業かどうかは後でわかる」

「それでは遅いのです。今までもすんでのところで取り逃がしております」

「おきゃあがれ！　舐《な》めた口を利くな。昨日今日役目に就《つ》いた見習いに何がわかる。お役目たァ、地味にこつこつ積み上げるものだ。とくと覚えておきやがれ」

久しぶりに大音声《だいおんじょう》が龍之進に浴びせられた。

龍之進は従うしかない。伊三次が、若旦那、手前もできるだけのことを致しやす、と慰めるように言ったが、龍之進は返事をしなかった。

十二

翌日、龍之進は他の見習い同心達とともに本所に向かった。日本橋の船着場から屋根船を頼み、一行は大川に出て、それから本所の竪川に入り、大横川と交わる北辻橋《きたつじばし》の傍《そば》に着けて貰った。船をその場で返し、帰りは両国橋で落ち合い、北町奉行所の顔が利く船宿に船を頼んで戻るつもりだった。見習い組は二人ずつとなって、それぞれ駄菓子屋やおもちゃ屋、絵草子屋などの見世を当たるつもりだった。

事前に龍之進の父親が片岡監物に、ちょいと見習い組を御用の向きで借りたいということを言ってくれたので、監物はさして疑いを持たずに了解してくれた。不破友之進が詳しい話をしなかったのは、丸福の一件をまだ公にしたくないという気持ちがあったし、慎重な監物が危険を感じて、そういうことで見習い組を使うのはいかがなものかと反対されるのを恐れたためだった。不破は監物に対して、悪い感情は抱いていなかったが、石橋を叩いて渡る主義の監物を、やや歯がゆい気持ちで見ていた。ここで見習い組の行動を制限すれば、若い彼らに不満が溜まるものとも考えたのだ。息子の意見を尊重する不破の親心と言えば、そうとも言えた。

北辻橋で見習い組は帰りの時刻と場所を確認してから別れた。龍之進は鉈五郎と組んだ。

本当は譲之進か左内と組みたかったが、じゃんけんで決めたことなので文句は言えなかった。二人は北辻橋の東、四ツ目の渡し場がある方向へ歩みを進めた。竪川沿いには柳原町《やなぎはらちょう》の一丁目から六丁目の町並が続いていた。

柳原町から一本通りを挟んだ界隈は武家屋敷が固まっている。

伊三次は大横川の先は武家屋敷と田圃ばかりだと言っていたが、柳原町の辺りは、まだ商家の賑わいがあった。酒屋、醤油と酢を商う見世、味噌屋、荒物屋に小間物屋などが低い軒《のき》を並べている。菓子屋もあったが、進物《しんもつ》用の最中《もなか》や羊羹《ようかん》などを扱い、子供相手の駄菓子などは置いていなかった。

「その手の見世は表通りにないのかも知れぬ」

鉈五郎は独り言のように呟《つぶや》いた。そうですね、と龍之進も相槌《あいづち》を打つ。その内に四ツ目の渡し場がある場所まで出ていた。対岸の渡し場の傍には掘っ立て小屋が建っており、中で船頭が客待ち顔に煙管《きせる》を吹かしている姿が見えた。川岸には五、六人の客を乗せられる大きさの船が舫《もや》われている。掘っ立て小屋の周りはすすきが生《お》い茂り、その向こうは畑になっていた。季節は秋を迎えていた。すすき野原は龍之進に秋だなあという思いをもたらす。その年の夏も暑かったはずだが、若い龍之進はさして頓着《とんちゃく》することがなかった。本所無頼派のことで頭がいっぱいだったせいだろう。恐らく、他の見習い組もそうだったはずだ。

「ここは、あまり客がいそうにありませんね」

龍之進は渡し場の船頭を見て感想を洩らす。

「朝とか夕方には混むのだろう。深川に奉公先があって、ヤサ（家）が本所にある者とか、その反対とか」

鉈五郎はつまらなそうに応える。

「本当にここで身代金のやり取りがあるのでしょうか」

「あるんだろうよ」

「……」

もう少し、ものの言い方もあるだろうに、と龍之進は思った。取りつく島もない感じだ。

「朝夕は人目があるから、金の受け渡しは今頃みてェな、暇な時刻になるのかも知れぬ」

だが、鉈五郎はそう言った。

「最初に脅迫状が届けられた時は、受け渡しの場所は記してなかったそうです。次に場所を四ツ目の渡し場の辺りと指定して来ました。この調子では、日付と時間をまた別々に指定するのでしょうか」

龍之進は考えていたことを口にした。

「恐らくな」

「ずい分、手間を取ったやり方ですね」

「奉行所が嗅《か》ぎつけていないか、様子を見ているのだろう」

「慎重ですね」

「身代金目的のかどわかしは、だいたい、金の受け渡しの時に失敗するものだ。十中八九はうまく行かない。だが、敢《あ》えてそれをするというのだから畏れ入る。いや、呆れる」

「全くですね」

「破れかぶれで丸屋の娘を手に掛けなきゃいいけどな。おとなしくして貰うために、菓子やおもちゃを与えているというのも、どんなものかとおれは思っている」

「緑川さんは、丸屋の娘がもはや殺されているかも知れないと考えているのですか」

龍之進は驚いて鉈五郎を見た。細い顔に眼だけは抜け目なく光っていた。

「仮に金の受け渡し場所で奴らを捕まえても、娘の居所を素直に白状するとは思えぬ。直弥がいい例だ。今にも死ぬというのに駒之介のことは口を割らなかった。あれを考えたらわかるだろう。まして次郎衛はくそ意地の持ち主だ。奴なら殺されたって喋らねェ。その間、娘は放って置かれ、悪くすりゃ飢《う》え死にだ」

「恐ろしい」

「だが、おぬしの父親が駄菓子屋を当たれと言うんだから従うしかない。いや、逆らうつもりはないのだ。おぬしの父親は、丸屋の娘が生きているものと信じて我らに命じたのだからな。無事に助け出したいのは山々だが、この世の中、読本《よみほん》の世界でもあるまいし、そうそう奇跡は起こらぬ」

おなつを無事に助け出すのは奇跡なのだろうか。龍之進は次第に自信がなくなっていた。

　四ツ目の渡し場の景色をしばらく眺めてから、二人は踵《きびす》を返し、四ツ目通りと呼ばれる道に入った。深川松代町《ふかがわまつしろちょう》一丁目を過ぎ、その裏町の手前に来て、銃五郎は唐突に足を止めた。

「何かありますか」

　そう訊くと、銃五郎は細い通りの奥を指差した。五歳から七歳ぐらいの前髪頭《まえがみあたま》の子供達が固まっていて、けたたましい声を上げていた。

「駄菓子屋ですかねえ」

　龍之進が続けたが、銃五郎は応えず、通りを入って行く。後ろ姿は痩せ過ぎて、紋付羽織がやけに大きく見えた。恐らくは父親か祖父のお下がりなのだろう。龍之進も慌てて後に続いた。

　案の定、間口一間《いっけん》の小さな駄菓子屋があった。ひょいと中を覗《のぞ》くと、五十絡《がら》みの女が紙袋に菓子を入れながら、子供の相手をしていた。様々な飴玉、のし梅、はっか菓子、あんこ玉、イカを甘辛く味つけして串に通したもの、煎餅《せんべい》、麦落雁《むぎらくがん》、金平糖《こんぺいとう》などが平たい塗《ぬ》りの箱に並んでいた。壁には凧《たこ》が幾つか飾られ、独楽《こま》や竹馬なども置いてあった。見世の構えとは別に、おもちゃ箱を引っ繰り返したような色の賑わいがあった。龍之進も子供の頃、そんな見世に胸をときめかしたものだ。

「ごめん」

銃五郎は慇懃《いんぎん》に呼び掛けた。その見世の女房らしい女は手を止め、怪訝そうな眼をして、お越しなさいまし、と低い声で言った。

「ちょいと話を聞きたいのだが、よろしいかな」

「はいはい。これ、おかよ坊、四文だよ。いいね」

傍にいた子供に言って、紙袋を手渡す。五歳ほどの女の子は嬉しそうに受け取り、掌で温《ぬく》められた四文銭を女に渡す。女はそれを天井からぶら下げた目の細かい笊《ざる》に放った。

女の子が見世を出て行くと、女は、どのようなことでしょうか、と不安そうに訊いた。

女は龍之進達がまだ若いとはいえ、恰好から奉行所の役人であると気づいている。商売上のことで粗相でもあったのかと恐れているようだ。

「この見世の客は、主《おも》に子供だな」

「ええ。子供相手の商売ですから。たまに母親が子供にねだられてやって来ることもございますが」

「近頃、若い男が買いに来たことはないか。年の頃、十八から二十歳ぐらいまでの武家ふうの男だ」

銃五郎がそう言うと、女は眼をしばたたき、そうですね、そんなこともありましたかしら、と煮え切らない様子を見せた。

「何を買いました？　教えて下さい」

　鉈五郎の後ろにいた龍之進が口を挟《はさ》んだ。

「何とおっしゃられても、飴玉とかお煎餅とか、麦落雁とかで、特に変わったものをお買い上げになった訳ではありませんよ」

「金額にすればいかほどですか」

「二十文か三十文ぐらいのものでした」

「なるほど。その男は何んのために菓子を買うのか理由を言っていたか」

　鉈五郎が少し厳しい声を上げたので、女は怖気づいた様子になった。

「おかみさん、ご心配なく。我らはおかみさんの見世の取り調べにやって来た訳ではありません。ただ、見慣れない客が来たのかどうかを知りたいだけですから」

　龍之進は安心させるように言った。女は、ほっとしたように薄く笑った。地黒《じぐろ》で、大きな丸い眼をしていた。どこにでもいる町家の女だった。藍色の着物の襟《えり》に手拭いを掛けている。襟垢がつくのを防ぐためだろう。頭には古びた黄楊《つげ》の櫛《くし》が挿《さ》し込まれていた。

「その若い男の客はこの辺りに住んでいるのですか」

　女が安心したところで龍之進は質問を続けた。

「いいえ。この辺りでは見掛けない方でした。何んでも妹さんに買って来てと頼まれたそうでした。あたしが、いいお兄さんですね、と言うと、ふんと苦笑していらっしゃいましたが」

「どのような人相でしたか」

「そうですね、陽《ひ》に灼《や》けて、男前でしたね。そうそう、ずい分、背の高い人でした」

女がそう応えると、鉈五郎は振り向き、目顔《めがお》で肯いた。間違いない。本所無頼派の誰かだ。次郎衛か、虎之助か、連之介か。その時点では当たりをつけられなかった。三人とも揃って大男だ。

「その男が来たのは一度だけですか」

龍之進は笑顔で訊いた。

「いいえ、昨日もお越しになりましたので、三度ほどになるでしょうか」

「なに！」

鉈五郎はぎらりと女を睨んだ。女はその拍子に少し後ずさった。

「大丈夫ですよ、ご心配なく」

龍之進はやはり女を宥《なだ》めた。

小半刻《こはんとき》（約三十分）ほど話を聞いて、二人は見世を出た。軒先に「なかよしや」という手作りらしい看板が揚《あ》がっていた。入る時は気づかなかったが。

「なかよしや、だと。ふざけた屋号だ」

鉈五郎は通りに出てから皮肉な口調で言った。

「どんな屋号ならよかったんですか」

「そのう、だるま屋とか、寿屋《ことぶきや》とか、もっと気が利《き》いたものがあるだろう」

鉈五郎の言葉に龍之進は、ぷッと噴いた。

通っていた手習所の近くにあった駄菓子屋の屋号である。あの頃、鉈五郎の好物は、きなこのねじり菓子だった。

「八丁堀にあった駄菓子屋と一緒にしなくてもいいじゃないですか」

「うるさい。咄嗟《とっさ》に出たまでだ。おぬし、寿屋のみかん飴が好みだったな。子供の頃のお前の口は、いつもみかん飴の匂いがしていた」

鉈五郎ははぐらかすように言う。

「いい匂いだったでしょう？」

そう言うと、鉈五郎は、ふふっと笑った。

だが、すぐに真顔に戻り、丸屋のおなつは、この近所にいる、と言った。

それから、二人は娘が監禁されていそうな家はないかと、注意深く見て回ったが、それらしい家は見つからなかった。他の連中が何か手懸《てが》かりを摑んでいるかも知れぬと考え、二人は見廻りを切り上げ、両国橋に向かった。

二人が両国橋の橋際にある水茶屋に行くと、すでに他の四人が先に来ていた。橋口譲之進は懐《ふところ》をぷっくり膨《ふく》らませていた。同行した春日多聞は、こいつ、駄菓子屋に入る度に、色々買って、この様《ざま》よ、と呆れた顔で皆に説明した。

「妹達の土産にしたくてな」

譲之進は悪びれた表情で言い訳する。それを聞いて、龍之進は自分も妹の茜に何か買えばよかったと後悔した。鉈五郎には、そんな気持ちがさらさらなかったので、なかよしやでは何も買わずに出てしまったのだ。

「で、そちらは何か聞き込んだか」

鉈五郎は多聞に訊いた。

「中ノ郷横川町《なかのごうよこかわちょう》の駄菓子屋に連中のひとりが顔を出して、菓子をあれこれ買って行ったそうだ。誰が買ったかは見当がつかなかったが」

中ノ郷横川町は大横川沿いにある町だった。

古川喜六と西尾左内は緑町《みどりちょう》近辺を見廻り、木戸番が内職にしている見世で、連中のひとりが焼き芋を五本ばかり買ったと言った。

「緑町に中ノ郷横川町、それに四ツ目通りの小路とは、立ち廻り先が結構、広範囲だな。これでは娘の居所が特定できぬ」

鉈五郎は苦々しい顔で言った。

「しかし、本所にいることは間違いないと思います。もっとも、本所無頼派ですから、本所に根城《ねじろ》を構えるのは至極当然のことですが」

龍之進は、そっと口を挟んだ。その拍子に左内が眉をきゅっと上げた。

「根城か……誰にも知られない隠《かく》れ家《が》があるとすれば、空《あ》き屋敷かな」

思案顔で呟いた。江戸には様々な理由で空き屋敷が存在する。悪人に利用されないように、それを管理する部署もあった。

「空き屋敷はどうかな。ご公儀の役人が時々見廻っているから、滅多なことはできぬと思うが」

春日多聞が珍しく自分の意見を言った。

「だが、見廻りの頻度はどれぐらいだろう。月に一度か二度なら、その間に忍び込むことは考えられる」

左内はすぐに反論した。

「いや、おれは連中が駄菓子屋で娘のために菓子や焼き芋を買っていたらしいと知ると、丸屋の娘がどんな気持ちで、それを食べていたのかと気になったのよ。丸屋の娘の性格は知らぬが、箱入り娘なんだろ？　あまり人を疑うことをせず、ここにいろと言われたら、黙って言う通りにしていたんじゃないかな。だが、二六時中、部屋の中に押し込めていたら、泣いたり喚《わめ》いたりして、男の奴らの手に余る。宥めて機嫌を取る人間が傍にいるのではないかと、ふと思った」

多聞がそう言うと、鉈五郎はすかさず、女か、と訊いた。

「ああ。その見込みはある」

「丸屋のおきたという女中か」

譲之進も当たりをつける。

「いや、女中は見世の手伝いがあるから、そうそう外には出られない。おれは娘が稽古帰りに立ち寄った茶店の女が怪しいと睨んでいる」

「え？」

龍之進は虚《きょ》を衝《つ》かれた気持ちになった。茶店の女に疑いを持ったことは一度もなかった。

多聞以外の者も恐らく龍之進と同じだったろう。だが、言われてみれば確かに怪しい。茶店の女は、おきたが落とした小銭を拾っていたから、おなつが消えたのには気づかなかったと言っていたが、本当にそうだろうか。

「これから、その茶店に行くか」

譲之進は張り切って言う。

「待て。茶店の女が片棒を担《かつ》いでいるとしたら、我らがぞろぞろ行っては気づかれる。おぬし達は先に奉行所へ戻れ。奴らが今日辺り、身代金を渡す日時を知らせて来るやも知れぬ。おれは龍之進と茶店の女を見張る」

銃五郎がそう言うと、龍之進は「え？」と意外そうな声を上げた。さんざん本所を見廻り、足は棒のようだった。早く帰って休みたいのが本音だった。

「いやなのか？　いやなら先に帰れ。おれひとりでやる」

いやと言える訳がない。龍之進は見習い組の中で最年少だった。年上の言葉には従わなければならない。

「わたしも一緒に行きます」

龍之進は渋々、応えた。

「鉈五郎。無理をするなよ。おれ達は奉行所で待っているからな」

多聞は心配そうに声を掛けた。鉈五郎は右手を挙げて、それに応えた。

十三

龍之進と鉈五郎は他の連中と別れると、一ツ目之橋を渡り、それから東に向かい、二ツ目之橋の所で南に折れた。その通りは小名木川に架かる高橋《たかはし》と繋がっている。おなつの茶の湯の師匠の家は北六間堀町《きたろっけんぼりちょう》にあり、茶店はその先の常盤町《ときわちょう》にあった。その茶店と高橋とは一町も離れていない。さらに丸屋の家ともごく近い距離だ。こんな近くでおながが、かどわかされたのかと思うと、改めて本所無頼派の大胆さに驚く。

葦簀《よしず》張《ば》りで見世前に「むぎゆ」と「草団子」と書かれた幟《のぼり》を出している茶店の中では

二人の女が忙しそうに動き回っていた。見世の床几には行商人ふうの男と商家のお内儀らしいのと、つき添いの女中と一緒に座っていた。

龍之進と銈五郎は、その様子を少し離れた物陰から眺めた。

「どちらが例の女でしょうか」

龍之進はひそめた声で銈五郎に訊いた。事件が起きた時は、茶店には茶酌《ちゃく》み女は一人しかいなかったという。今は二人だ。見当がつかなかった。

「年増だ」

間髪を容《い》れず銈五郎は応える。なるほど二人の女の内、一人は二十歳《はたち》そこそこで、もう一人は三十絡みに見える。客に茶を運ぶのは、もっぱら若いほうで、年増のほうは茶を淹《い》れたり、草団子を皿に載《の》せたりしている。

「団子と麦湯が上がったよ」

年増は、客とお喋りをしている若いほうに小意地の悪そうな眼を向けて言い、それから空を見上げて吐息をついた。見世を閉める時刻は、まだまだ先だ、やれやれという感じだった。

「草団子がうまそうですね」

龍之進が言うと、銈五郎もそう感じていたようで、腹が減ったな、と応えた。時刻はとうに昼を過ぎていた。

「蕎麦でもたぐるか。見世を閉めるまで、まだ時間が掛かる」

「そうですね」

龍之進は肯いたが、見世を閉めるまで待ち、それから茶店の女の後をつけるとしたら、帰りは夜になってしまうだろうと思った。片岡監物にどう言い訳したらいいのか悩んでもいた。だが、鉈五郎は意に介するふうもなく、近所の蕎麦屋の暖簾《のれん》を掻《か》き分《わ》けていた。

蕎麦屋で腹ごしらえをしてから、二人はまた見張りについた。夕七つ（午後四時頃）過ぎ辺りに若いほうの女が前垂れを外し、それじゃ、おちずさん、お先に、と言って帰って行った。おちずというのが残った女の名前らしい。おちずは、ああと応えたが、若いほうの女が帰ると、湯呑ぐらい片づけて行ったらどうなんだ、と悪態《あくたい》をついていた。

どうやら、その茶店は暮六つ（午後六時頃）まで見世を開けているようだ。その頃になると客足も途絶《とだ》え、見世はおちずだけで間に合う。

と、その時、菅笠《すげがさ》を被り、袴《はかま》を穿《は》いた男が見世の前を通り、茶釜の前に立っていたおちずにふた言《こと》、み言、何か囁いた。

「連之介だ」

鉈五郎は緊張した声で言った。すぐに杉村連之介と気づいた鉈五郎に感心したが、龍之進の胸の動悸も高くなり、それを言うことができなかった。

「恐らく、丸屋の娘をかどわかしたのは連之介だろう」

「そうですね」

　連之介は、すぐにその場を立ち去った。おちずは通りに出て、周りをきょろきょろ見回してから、また茶釜の前に戻った。落ち着かない様子にも見える。

「身代金を渡す日時が決まったのかも知れぬ。もう少しの辛抱だとか何んとか言ったのだろう」

「丸屋の娘はおちずの家にいるのでしょうか」

「わからん。だが、おちずの後をつければわかる」

「そうですね」

　暮六つの鐘が鳴る少し前に、茶店の主が訪れ、売り上げ金と残った草団子の箱を受け取って去った。主は六十ほどで、背が低く、しょぼくれた感じの男だった。

　主の姿が見えなくなると、おちずは恐ろしい勢いで見世を閉めた。床几を中に引っ込め、火鉢の炭を消し炭壺に放り、幟を下ろし、見世の前に葦簀を巡らせて縄を掛けた。主がもう来ないと踏んで早仕舞いを決め込んだようだ。見世の始末をつけると前垂れを外し、頭にちょっと手をやり、髪を撫でつける仕種をしてから二ツ目之橋へ歩き出した。手には風呂敷包みと買い物籠《かご》を提げていた。

　林町《はやしちょう》でおちずは目についた魚屋からめざしを買い、隣りの青物屋で大根と青菜を買った。

晩めしのお菜《さい》にするのだろう。買い物を済ませると、おちずは二ツ目之橋を渡らず、そのまま東に歩みを進める。三ツ目之橋を過ぎ、菊川町《きくかわちょう》に入ったところで、ようやく南に折れた。それから裏店の門口《かどぐち》を入った。どうやら、おちずの住まいはそこにあるらしい。

「踏み込みますか」

龍之進は早口に言った。

「いや、もう少し、様子を見よう。この近所で丸屋の娘を見た者がいるかも知れない」

鉈五郎は、はやる龍之進を制した。

「ここは四ツ目の渡し場も近い。それにこの辺りは竪川に横川、小名木川と三方を川に囲まれておる。奴らは身代金を受け取ったら舟で逃走するつもりだろう。丸屋の娘は途中で下ろすか、それとも……」

鉈五郎は話を続けたが、そこで黙った。殺すという言葉を避けたのかも知れない。

ちょうど、裏店の門口から出て来た女房に声を掛け、おちずの住まいを確認すると、十三歳ぐらいの娘がいないかどうかと訊ねた。

「ええ、何日か前からおりますよ。何んでも親戚の娘さんを預かっているそうですよ」

中年の女房は、あっさりと応えた。鉈五郎と龍之進は色めき立った。

「おちずさんは独り暮らしなんですか」

龍之進の声が上ずった。

「いいえ。年寄りのおっ母さんと二人暮らしですよ。おっ母さんは足が悪くて歩くのも大変なんですよ。おちずさんはおっ母さんの世話をしている内にお嫁に行きそびれてしまったんですよ」

女房は眉間《みけん》に皺《しわ》を寄せ、同情する表情で言った。今、踏み込めばおなつを助け出せる。二人は目顔で肯き合った。その女房におちずの住まいを訊いてから、二人は勇んで門口の中に入った。

晩めしの仕度をするいい匂いが辺りに漂っていた。おちずの住まいも煙抜きの窓が開き、中から白い湯気が外に出ていた。

二人は閉じた油障子に近寄り、中の物音に耳をそばだてた。本所無頼派の誰かがいないかどうか、様子を窺ったのだ。だが、機嫌のよい女達の話し声がするだけだった。

鉈五郎は、また龍之進に目顔で肯くと、油障子をがらりと開けた。

「北町奉行所である。神妙に致せ」

大音声で言い放つ。中には年寄りの女とおなつらしい娘がいた。年寄りはおちずの母親だろう。おちずは竈《かまど》の前で突っ立ったまま、茫然とした表情で二人を見ていた。

「丸屋のおなつだな？　間違いないな」

鉈五郎が娘に訊くと、おなつはこくりと肯いたが、恐ろしそうにおちずの母親に身を寄せた。おちずの母親は、宥めるようにおなつの背中を撫でた。

「事情を聞きますので、ちょっと近くの自身番までご同行願います」

龍之進は柔らかい口調でおちずに言った。

「あたしは何も知りません。頼まれておなつちゃんを預かっただけです」

おちずは悲鳴のような声を上げる。顔色は真っ青だった。

「そんなことは調べたらわかる。とにかく、来るんだ！」

鉈五郎は有無を言わせぬ態《てい》でおちずに言った。おちずの母親を残し、龍之進と鉈五郎はおなつとおちずを菊川町の自身番に連れて行った。菊川町の自身番には差配《さはい》（大家）と書役《かきやく》、それに界隈を縄張にする岡っ引きが都合よくいた。

鉈五郎が事情を説明すると、岡っ引きはおちずを奥の部屋に押し込め、それから海辺大工町の丸屋に知らせに行った。

「丸屋さんの娘さんがかどわかされたのは聞いておりましたが、まさかおちずさんの所にいたとは夢にも思いませんでした」

五十絡みの差配は茶を出しながらそう言った。

「おなつ、お前はどうしておちずの家に黙っていたのだ。ふた親が心配しているとは思わなかったのか」

龍之進は詰《なじ》る口調でおなつに訊いた。腫《は》れぼったい眼をしているが色白の細い身体の娘だった。おなつはしくしく泣きながら、だって、お見世で取り込みがあったから、しばらくおちずさんの所にいるようにと、おっ母さんが言っていたと、お兄さんが言っていたもの、とようやく応えた。龍之進はため息が出た。赤の他人の言葉を易々と信じるような娘に育てた丸屋の主夫婦に呆れてもいた。

「いいか。お前はかどわかされていたんだ。お前の父親は身代金を二百両も要求されたんだぞ。取り込みがあったとしても、お前の母親なり、奉公人なりが様子を見に来るはずじゃないか。十三にもなって、おかしいとは思わなかったのか、このばか者！」

龍之進は憤《いきどお》りを感じておなつを叱った。おなつは、ごめんなさい、ごめんなさいと謝《あやま》った。

「それぐらいにしておけ」

鉈五郎は見かねて龍之進を制した。

「おれ達が見つけなかったなら、もしかしてお前は殺されていたかも知れないんだぞ。これからは知らない奴の後をのこのこついて行くな」

それでも龍之進は言わずにいられなかった。

自分の妹だったら拳骨《げんこつ》をお見舞いしていたところだ。半刻《はんとき》（約一時間）近く経って、丸屋の主夫婦と手代らしいのが駆けつけて来た。

おなつは母親の顔を見て、安心したように激しく泣いた。主とお内儀も泣きの涙で龍之進と鉈五郎に礼を言った。

「我らはこれから奉行所に戻り、上に報告致す。詳しい調べは明日になるだろう。とり敢えず、おなつは丸屋に戻し、おちずは茅場町《かやばちょう》の大番屋《おおばんや》に連行する。よいな」

鉈五郎は岡っ引きに命じた。分別臭い表情をした岡っ引きは、へいと応えた。大番屋は調べ番屋とも言い、重罪を犯した者が連行される。かどわかしは重罪なので、おちずは当然、身柄を大番屋に移されるのだ。

「ところで身代金は、まだ渡しておりませんね」

龍之進は確かめるように丸屋の主に訊いた。

「それが……」

主は言い難そうに俯《うつむ》いた。

「渡したのか!」

鉈五郎が眼を剝《む》いて訊いた。

「今朝ほど知らせが参り、本日の昼近くに手前どもの番頭が四ツ目の渡し場に運びました。ですから、それでおなつが解放されたものと思った次第で」

一歩遅かった。昼近くと言えば、龍之進と鉈五郎が四ツ目通りの小路の駄菓子屋にいた時分だ。渡し場の近くにいながら気づかなかった自分達に地団駄を踏む思いだった。またしても本所無頼派にすんでのところで躱されたのだ。

おちずを引き連れて茅場町の大番屋に向かったが、二人は口も利きたくなかった。黙ったままの二人におちずは却《かえ》って恐怖を覚え、あたしは頼まれただけです、本当です、信じて下さい、と繰り返した。岡っ引きが、うるせェ、んなことは後で言え、と制していたが。

十四

大番屋の牢におちずを収監し、奉行所に戻ると、二人は待っていた片岡監物にいきなり平手打ちを喰わされた。時刻は五つ（午後八時頃）に近かった。他の見習い組はとうに帰宅していた。じりじりした思いで待っていた監物の気持ちはわからぬでもないが、いきなり平手打ちはないだろうと龍之進は大いに不満だった。身代金の受け渡しは阻止できなかったが、丸屋の娘を無事に両親の許へ返し、片棒を担いでいたと思われるおちずを捕えたのだから、お手柄だと褒《ほ》めて貰って当然だと思う。

「勝手なことするなと何遍、おれに言わせれば気が済むのだ」

監物は自分に報告もなしに見習い組が本所無頼派の探索に出たことに怒っていた。その様子では、龍之進の父親も責任を問われるかも知れないと思った。

「申し訳ありません」

二人は声を揃えて謝った。

「して、ここまで遅くなった理由は何んだ」

監物は二人が反省しているとわかると、改めて仔細《しさい》を訊ねた。龍之進と鉈五郎は顔を見合わせた。他の連中は事情を話していなかったのだろうか。

「何もお聞きになっていないのですか」

龍之進は怪訝な表情で訊いた。

「質問に質問で応えるな」

監物はぴしりと言う。

「我らは深川の海辺大工町の商家で起きたかどわかしの件で探索をしておりました。下手人の目星はついております。本所無頼派の仕業です」

鉈五郎がそう言うと、また本所無頼派かと、監物はうんざりした顔になった。

「深川でかどわかしがあったなど、おれは聞いておらぬ。お前達はお先走り、無駄にばたばたと動き回っていたのではないか」

「ご冗談を。誰が無駄にばたばたと動き回るものですか。丸屋という屋号の材木仲買人の娘が茶の湯の稽古帰りに行方知れずとなったのでござる。丸屋は当初、娘が川に嵌ってしまったとか、急な病に襲われたとか、事故の線を考えていたらしいですが、二、三日して脅迫状が届いたのです。丸屋は娘の命と引き換えに二百両を要求されました」

銑五郎がぽつぽつと事情を説明すると、監物の表情は明らかに変わった。それは重大な事件が起きていたことを知らなかった自分への苛立《いらだ》ちにも思えた。

「どこからその話を聞き込んだのだ」

「深川の門前仲町界隈を縄張にする増蔵という土地の御用聞き（岡っ引き）がおりまする。そいつは龍之進のお父上の小者《こもの》（手下）でござる。増蔵は海辺大工町の御用聞きから丸屋の娘が行方知れずとなっていることを知りました。心当たりがないか問い合わせたのでしょう。だが、その内に丸屋の様子がどうもおかしいと、海辺大工町の御用聞きは再び増蔵に会い、意見を求めたようでござる。増蔵は頭の切れる男なので、もしやかどわかしではあるまいかと、念のため、龍之進のお父上に知らせたのでござる」

銑五郎は淡々と話を続けた。

「不破殿はおれに何もおっしゃらなかった」

監物は意気消沈していた。

「それは、下手人が奉行所に知らせたら娘の命はないと丸屋に釘を刺していたからです。父は無事に丸屋の娘を助け出すまで、内密に事を運ぶつもりでおりました」

龍之進は慌てて口を挟んだ。

「おれに内緒で、どうしてお前達に明かしたのだ」

「ひとつ屋根の下で暮らしておれば、父の小者も出入りしておりますので、それとなく察することはできます。父は、丸屋が身代金を要求されていることは摑みましたが、下手人の目星はついておりませんでした。わたしは、そういうことをするのは本所無頼派かも知れないと考え、探索したいと願い出た訳です」

「不破殿のお家に頻繁に出入りする小者と言えば、伊三次か」

「はい、髪結いの伊三次が丸屋に行って話を聞き出して来ました」

「それでお前達は本所周辺を探索したという訳か。しかし、娘の居所も知れぬのに、闇雲に本所をほっつき歩いても手懸かりを摑めぬだろう」

「伊三次が駄菓子屋を廻れと助言したからです」

「なにゆえ」

「十三歳の娘なら、めしを喰わせるだけではおとなしくしないだろうと言ったからです。駄菓子とか、手遊びの道具とか、読本とかをほしがるはずだと」

監物は龍之進の話を聞いて、低く唸《うな》った。

伊三次に感心したらしい。

「それで、当たりはあったのか」

「ありました。連中の一人が駄菓子屋から菓子を買っておりました。しかし、足がつくのを恐れてか、あちこちの見世に顔を出しておりました。人相風体から本所無頼派の線が、ますます濃厚になりました。ところが春日さんが思わぬことを言い出しまして」

「ん？　春日は何んと言った」

「丸屋の娘が行方知れずとなったのは深川の常盤町の茶店です。春日さんはその見世の茶酌み女が怪しいと言ったのです」

「拙者と龍之進は残って茶店の女の様子を窺い、住まいにしている菊川町の裏店までつけて行き、そこに丸屋の娘がいることを突き留めました」

「おお」

　鉈五郎の話に監物は思わず感歎《かんたん》の声になった。

「無事に丸屋の娘を助け出し、丸屋の主夫婦に娘を引き渡しました。茶店の女おちずは茅場町の大番屋に連行し、とり敢えず、牢に収監致しました。口書き《くちが》（供述書）はまだ取っておりませんので、明日、片岡さんから吟味方に報告して下さいませんか。おちずは容疑を否認しておりますので、詳しい取り調べをする必要があるかと思います」

　龍之進はそこでようやく監物の立場を持ち上げた。監物の表情が少し和らいだように見える。

「しかし、丸屋はその時すでに下手人に身代金を渡しておりました。我らは一歩、詰《つ》めが甘かったようでござる」

　鉈五郎は吐息交じりに言った。

「いや、娘が無事だったのは何よりだ。お奉行がお聞きになれば、きっとお喜びで、いずれお前達に褒美《ほうび》を与えることだろう」

監物はそう言った。褒美と聞いて、龍之進と鉈五郎は顔を見合わせ、嬉しそうに笑った。

「ただし」

監物は厳しい表情で二人を見て、おれを蚊帳《かや》の外に置いたのは許せん、反省文を提出せよ、と重々しく命じた。反省文の好きな男である。何かと言えば見習い組にそれを書かせる。

「しかし、これで本所無頼派を捕まえられますね」

奴らを捕まえられるなら、反省文など幾らでも書いてやると、龍之進は豪気な気持ちだった。

「わからん」

監物は首を振った。

「なぜですか。奴らの仕業は明白ではありませぬか」

鉈五郎は不満そうに監物を見た。

「茶店のおちずという女は幾つぐらいだ」

「三十前後だったな？」

鉈五郎は龍之進に同意を求める。龍之進は肯いたが、監物の表情が解せなかった。

「本所無頼派はまだ十代の若者だ。おちずの口車に乗せられてしたことだと言い訳したとしたらどうする」

監物は試《ため》すように訊いた。

「金が渡っているんですよ。大枚二百両も」

銘五郎は憤った声を上げた。

「金を受け取ったのは奴らか？」

「確認しておりません」

龍之進は途端に不安になり、応える声も低くなった。

「そういうことだ」

監物は断定的な調子で言う。何がそういうことなのか、龍之進にはさっぱり理解できなかった。

「ささ、夜も遅くなった。お前達のご両親が心配されておる。ひとまず、今夜はこれで引き上げよ。ご苦労」

監物はそう言って話を結び、腰を上げた。

「頭に来た！」

銘五郎は誰にも向けられない悪態をついた。

「何んだって、いつもこうなんだ。神も仏もありゃしない」

龍之進も拳《こぶし》で自分の太腿《ふともも》を強く打った。

「奴らがおれ達より上手《うわて》ということか。悔しくて目まいがする」

鉈五郎はそう言ったが、のろのろと立ち上がった。二人はそれからひと言も口を利かず玄関に向かい、外に出た。

西の空に三日月が出ていた。三日月は二人をあざ笑っているかのように思えた。

二人は黙って八丁堀へ向かい、代官屋敷《だいかんやしき》通りの辻で別れた。

「じゃあな」

鉈五郎はやけのように言って、住まいのある北島町《きたじまちょう》の組屋敷へ去って行った。

龍之進も亀島町《かめじまちょう》の組屋敷へ向かったが、その頃になって、どっと疲れが出ていた。明日は時刻までに奉行所に出仕《しゅっし》できるかどうか心許ない気持ちだった。

十五

丸屋の娘のかどわかしは片岡監物の言った通りになった。むろん、面《めん》が割れている杉村連之介には幕府の目付がきつい詮議をしたが、連之介は茶店のおちずに話を持ち掛けられ、つい言う通りにしてしまったと涙ながらに訴えたという。なぜそこまでしたか理由を問われると、若気の至りでおちずと深間になり、それを両親にばらすと脅されたからだと応えた。十代の若者を手玉に取るのは年増女なら容易なことだったと目付は考えたようだ。

その時点で次郎衛と志賀虎之助の姿は見えて来ず、あくまでも連之介ひとりで行なったものと判断された。

そんなことは、もちろん龍之進達は信じなかったが、幕府の目付のすることに町方奉行所の見習い同心が異を唱えられるはずもない。

可哀想なのはおちずで、きつい拷問を受け、耐え切れずに舌を噛み切って自害してしまった。これで二百両の金の行方はわからず仕舞いとなり、丸屋のかどわかし事件もおちずの死で沙汰《さた》やみとなってしまった。

その後、連之介の父親の小姓組番頭杉村三佐衛門は息子の不始末の責任を取って務めを致仕《ちし》（役職を辞めること・隠居）し、長男に家督を譲った。とはいえ、三佐衛門は還暦近い年齢だったので、そこで隠居したところで表向きは杉村家に何んの支障もないと思われる。そして丸屋の事件から間もなく、連之介は父親と同じ役職に就いていた小姓組の高橋市之丞《たかはしいちのじょう》の家に養子となることが決まった。市之丞は娘ばかりだったので、お家の存続のために長女の婿に連之介を迎えたのである。そのことは古川喜六が実家の母親から聞いたという。さらに志賀虎之助も御小納戸《おこなんど》役を務めている青木清兵衛《あおきせいべえ》の養子となることが決まった。虎之助の父親は幕府の小普請組に所属している。

小普請組は非役《ひやく》なので役禄《やくろく》はつかず、家禄《かろく》だけで生活を維持しなければならない。そういう家の息子を養子にしようと考えた青木清兵衛の意図が見習い組には理解できなかった。

普通は同等の家か、運がよければもう少し上の役職に就いている家と祝言が決められ、小普請組というのは、あまり聞かない。虎之助を養子にすることで、青木家にどんな利益があるのだろうか。まあ、妻となる娘が虎之助の男ぶりにほだされ、泣きの涙で、どうぞ虎之助様と添わせて下さいと清兵衛が懇願されたと考えることもできるが。

だが、古川喜六の母親が客から聞いた話によれば、祝言の時の虎之助は新品の衣裳に身を包み、青木家に持ち込まれた調度品もなかなか見事だったという。それを青木家がすべて用意したとは思い難い。養子になった後のことは青木家に任せるとしても、祝言の仕度は実家である志賀家がするだろう。その金がどこから捻出されたものかと疑問も湧く。すると、丸屋から奪った金の行方が気になって来るのだが、もはや龍之進達が手を出せる情況ではなかった。すべて済んだことだった。

虎之助と連之介の身の振り方は決まったが、なぜか次郎衛だけは祝言の話が聞こえて来なかった。次郎衛の養子の話は立ち消えとなったのだろうか。それについては喜六の母親も詳しいことは知らないと言っていた。

虎之助の祝言はその年の霜月で、連之介は年が明けた正月早々に執り行なわれた。

二人の祝言が終わったことで、実質的に本所無頼派は解散したものと龍之進達はぼんやり思っていた。養子先でばかをやらかしては、もはや手がつけられない。その先は本物の悪党となり、末は刑場の露と消える宿命《さだめ》だろう。

利口な奴らがそんなことをするとは思えなかった。丸屋の事件が奴らの最後の仕事だったのだ。きっとそうに違いない、と見習い組の面々は口々に言っていた。

本所無頼派が解散となったのだから、八丁堀純情派も自然、解散となるはずだが、誰もそれを口にしなかった。もうすぐ見習い組から番方若同心《ばんかたわかどうしん》となり、その先はそれぞれの部署に振り分けられる。せめて、その短い間だけでも龍之進は八丁堀純情派をきどっていたかったし、他の者もそう思っていたはずだ。

二月に江戸は大雪に見舞われた。足を滑らせて転び、怪我をする者が多かった。見習い組も、その雪では市中の見廻りもろくにできず、奉行所の同心部屋でばか話をして時間を潰《つぶ》すばかりだった。

夕七つ過ぎに北町奉行所を出ると、空はまだ厚く雲に覆《おお》われていたが、雪は降っていなかった。通りは積もった雪が片づけられ、幾らか歩き易くなっている。身体がなまっていると感じた龍之進は久しぶりに京橋のあさり河岸《がし》にある日川《ひかわ》道場を訪れ、汗を流したい気持ちになった。

呉服橋《ごふくばし》を渡ったところで、一緒に出た西尾左内や古川喜六と別れ、外濠《そとぼり》沿いを南に向かった。鍛冶橋《かじばし》を過ぎ、比丘尼橋《びくにばし》の手前まで行くと、肉を焼く香ばしい匂いがした。比丘尼橋の橋際に「山くじら」と看板を出している見世があり、香ばしい匂いはそこから流れているようだ。

山くじらとは猪《いのしし》の肉を指すが、猪の他に鹿も供される。江戸では薬喰《くすりぐ》いと称して獣《けだもの》の肉を食べることがあった。

その手の見世はもゝんじ屋とも呼ばれていた。龍之進は父親に連れられて、一度、食べたことがある。肉の味より臭いに閉口した。

だが、翌日は手足が妙につるつるしているように感じられ、心なしか身体に力も漲《みなぎ》っている気がした。

今度、見習い組の仲間とももんじ屋に行くのもいいな、とふと思う。さぞかし橋口譲之進は健啖ぶりを見せるだろう。

くすりと笑いが込み上げた。ももんじ屋の油障子は肉を焼く煙と脂《やに》で焦げ茶色に染まっている。その油障子の前で若い男がしゃがみ、野良猫に肉を与えているのが見えた。

その男を見て、龍之進の胸がどきりと音を立てた。

次郎衛に似ていると思った。しかし、仲間が傍にいないので、龍之進は不安を覚え、そっとやり過ごそうとした。

「お若《わ》けェの、お待ちなせェ」

芝居掛かった声が龍之進に降った。振り返ると、やはり次郎衛が笑ってこちらを見ている。そういうお前は、と龍之進も芝居の台詞《せりふ》で返したかったが、咄嗟《とっさ》のことで何も言えず、黙って見ているだけだった。

「これからどこへ行くのよ」

次郎衛はゆっくりと立ち上がると、袴《はかま》の前を手で払う仕種をして訊いた。

「せ、拙者、これから道場の稽古に行こうと思っておりました」

緊張した声で応えた。

「ご苦労様なこって。お務めを終えたら、早く晩めしにありつきたい年頃だろうに」

「この雪で少々、身体がなまっておりましたもので」

「なるほど。相変わらず真面目だな」

自分が真面目？　次郎衛は、いつ自分の性格がわかったのだろう。怪訝な思いでいると、ま、いいから、見世の中に入《へ》ェんな、本日は格別うまい肉が入っていると誘った。

「しかし……」

「竹刀《しない》でする稽古なんざ、所詮、子供騙《だま》し。それより肉を喰って精をつけたほうがいい」

「あいにく、拙者はさほど金を所持しておりませぬ。また今度ということで」

「今度とお化けには、逢ったためしはねェよ。金のことなら心配するな」

次郎衛は太っ腹に言う。龍之進は強く振り切ることができなかった。

見世の中には雪で仕事にあぶれた職人ふうの男達が早くも集まっていた。天井板は煙で真っ黒になっている。天井からは八間《はちけん》（大型の吊《つ》り行灯《あんどん》）が茜色の光を投げ掛けていた。

中央に大きな囲炉裏《いろり》があり、亭主はそこで肉を焼き、床几に座っている客の許へ運んでいる。床は土間という代物でなく、地《じ》べたそのものだ。野趣溢れる見世と言えば聞こえはいいが、屋根が掛かっているだけで、野っ原でものを食べている感じである。煤《すす》けた壁際に酒の樽《たる》が幾つも置いてある。板場を囲っている飯台《はんだい》には隙間なく、招き猫だの、枯れ掛けた花が挿《さ》してある花瓶だの、大根、青菜だのが並べてある。肉の苦手な客のために里芋の煮《に》っ転《ころ》がしや卵焼きの惣菜も大皿に載せられていた。

「何が喰いたい」

席にしていた床几のひとつに座ると次郎衛が訊いた。

「さあ。この手の見世はあまり入ったことがないので、何を注文したらいいのかわかりません。おすすめの品は何んですか」

龍之進はおずおずと言った。

「おすすめと来たか、気の利《き》いたことを言うの。おおい、親仁《おやじ》、こいつに肉を焼いてくれ」

　次郎衛は見世の亭主に大声を張り上げた。

「へえい」

　塩辛声の返答があった。

「酒を飲むか？」

「いえ、酒はさほど嗜《たしな》みません。お茶でいいです」

「他に喰いたいものはないか」

「そのう、芋と卵焼きがうまそうですね」

「おおい、親仁、芋と卵焼きと熱い茶も頼む」

　次郎衛は、また声を張り上げた。次郎衛はちろりの酒を飲んでいた。

「酒は強いのですか」

　龍之進はそっと訊いた。

「十四から飲んでいる」

「すごいですね」

「酒を飲むぐらいで何がすごいものか」

　次郎衛はつまらなそうに応える。

「本日はこちらに用事でも？」

「もはや取り調べか？　なに、昨夜、親戚の家に使いを頼まれてやって来たが、雪で足止めを喰らい、ひと晩、泊まったのよ。本所に帰ろうとしたが、この見世にふと入りたくなった。酔ったら、もうひと晩、泊まるつもりだ。おぬしと出くわすとは思いも寄らなかった」

「拙者も意外でした。連之介と虎之助は祝言を挙げたそうですね。次郎衛さんは披露宴に出席されたのですか」

「おれだけがさん付《づ》けか？」

次郎衛はからかうように言う。それから、そんなしち面倒臭ェ行事はごめんだと、吐き捨てるように言った。

「呼び捨てにしたのは、すみません。ですが、連之介はかどわかし事件に関わっておりました。拙者から言わせたら罪人です」

「おっと、その話はここでは、なしだ」

「……」

「とはいえ、おぬしは連之介が、お構いなしなのが不服なんだな」

「当たり前です」

龍之進はきっぱりと言った。次郎衛は龍之進の眼を覗《のぞ》き込むように見る。よく光った眼だ。おまけに澄《す》んでいる。次郎衛は悪党だ。

悪党がそんな眼をしているのが龍之進は解せなかった。だが、誰もがその眼に騙されて来たのだ。

「丸福が身代金を取られたところで、見世が傾くことはない。娘の命も無事だった。案ずるな」

　次郎衛は涼しい顔で言う。

「茶店のおちずは仕置きに耐え切れず、舌を嚙み切って自害しております。事件は藪《やぶ》の中です。丸屋から奪った金の行方もわかりません」

「だから？」

　次郎衛は醒《さ》めた表情で訊いた。

「だからじゃありませんよ。もう少し、ものごとを真面目に考えて下さい。人ひとりが死んでいるんですから」

「あのおなごは見世の金をくすねていた。ずるい女よ。丸屋の娘が女中と一緒に立ち寄っていたが、大した器量でもないのに着飾ればそれなりに見えるものだと陰口を叩いていた。おまけに連之介に娘をかどわかして身代金を頂戴したらどうかと持ち掛けたんだぜ」

　それは、うそだろうと龍之進は思ったが、口にはしなかった。

「連之介は縁談が纏《まと》まり掛けていた。父親は小姓組番頭《ばんがしら》をしているが、何しろきょうだいが多いと来ては祝言の仕度も心許ない。つい、その気になったんだろうよ」

次郎衛は話を続けた。

「虎之助もそうでしょう。奴の親は小普請組ですから、連之介よりもさらに祝言の仕度が難しい」

「鋭いな」

次郎衛はからかうように言う。そこに焼いた肉と、芋の煮っ転がし、卵焼き、それに大ぶりの湯呑に入った茶が運ばれて来た。

「ささ、遠慮はいらぬ。喰ったほうがいい」

次郎衛は如才なく勧めた。

「いただきます」

龍之進は一礼して箸を取った。肉には大根おろしが添えられていた。それに肉を絡《から》めて醤油を掛けて食べた。うまかった。

「どうだ？」

次郎衛は笑顔で訊く。

「うまいですねえ。一度、父と一緒にここへ来たことがありますが、その時は初めてのせいか、味がよくわかりませんでした。今日はうまいと思いました」

「それはよかった」

次郎衛は安心したように笑った。

「次郎衛さんの縁談はどうなりました。確か、お父上と同輩の小十人格のお家に入ることになっていたのではありませんか」

卵焼きにも箸をつけながら龍之進は訊いた。

「誰に聞いた」

つかの間、次郎衛は真顔になった。

「誰って、わたしは見習いとはいえ、奉行所の役人ですよ。そんなことは調べたらわかります」

「調べたのか」

「ええ、まあ」

「餓鬼のくせにすごいな」

次郎衛は感心している。あの頃、自分は幾つだったのだろうか。十五、いや、年が明けて十六になっていたろうか。とすれば次郎衛は十九か二十歳だ。そんなに若かったのかと改めて思うことがあった。

「おれの話が聞きたいか」

「ええ、よろしければ」

「聞いてどうする」

「次郎衛さんのことをもっと知りたいと思います」

「おぬしは素直な男だな。八丁堀純情派の中では最年少だが、人間のできが上等だ。おれはそう思っている」

しみじみ言った次郎衛の言葉が妙に嬉しかった。八丁堀純情派という呼称を知っていたことには少し驚いたが。

「拙者も様々なことを抜きにして考えれば、次郎衛さんの大胆さとか頭のよさに感心しています。こんな友達が傍《そば》にいれば、拙者のものの考え方も違っていたのではないかと、今、ふと思いました」

「今、思ったのか。もう少し前に思ってほしかったなあ」

次郎衛は機嫌のいい笑い声を立てた。

「これから人心を惑《まど》わせる行為をしないと誓っていただけるのなら、友達になりましょう」

どうしてそんなことを言ったのかわからない。だが、龍之進は次郎衛を間近にし、気軽な話をすることで、その人柄に惹《ひ》かれてもいた。本所無頼派の首領に持ち上げられていた理由も納得できるというものだった。

次郎衛は、つかの間、呆気《あっけ》に取られたような表情をし、ついで喉の奥から、さざなみのような笑い声を立てた。やがてそれは爆笑となり、仕舞いには、咽《むせ》るほどだった。

「何がそれほど可笑しいのですか」

　龍之進は、むっとして次郎衛を睨んだ。

「このうつけ者！　手前ェの立場を忘れていやがる。そんなことをおれにほざいたと知れたら、おぬしは仲間に袋叩きにされるぜ」

　うつけ者という古風な言葉を久々に耳にした。ばか者、愚か者と言われるよりはましな気がするが、意味は同じだ。

「今、こうして次郎衛さんと話をしているのは、務め抜きのつもりです。それとも、次郎衛さんは拙者を通して、奉行所の動きに探りを入れているのですか」

「そんなつもりはない。町方奉行所がどう動こうと、おれを捕まえることはできぬ」

「大した自信ですね。いかにも、我らは町人を取り締まるのが本分ですから、武士を捕縛することはできません。しかし、次郎衛さんが勘当されたとしたら、その限りではありませんよ。その時は、覚悟して下さい」

　龍之進はきっぱりと言った。次郎衛は唇の端を歪《ゆが》めるようにして笑い、ああ、その時はおぬしに捕まってやるか、と言った。

　むろん、本気ではなかったはずだ。

十六

結局、その日は道場に行くことはなく、一刻《いっとき》（約二時間）余りを次郎衛と過ごした。次郎衛は本所無頼派を設立した理由をぽつぽつと語ってくれた。それを聞いて、僅《わず》かではあるが、次郎衛の胸の内を理解できた気がする。

次郎衛は薬師寺家の次男として生を受けた。長男の薬師寺大吾《だいご》は、生まれつき病弱で、両親の悩みの種だった。恐らくは長生きできまいと、両親も親戚も考えていたようだ。しかし、父親の図書《ずしょ》はそんな大吾を溺愛した。

大吾が庭の樹木に上《のぼ》っただの、珍しく長歩きをしただのと寄宿している若党《わかとう》が伝えれば、図書は眼を細めて喜んだ。次郎衛が同じことをしても、何んだという表情で、全く興味を示さなかった。次郎衛はそんな父親が不満だった。十五歳の時、湯島の学問所で次郎衛が素読吟味《そどくぎんみ》に合格しても、おお、よくやったと、一応は褒《ほ》めてくれたが、すぐに大吾の部屋に行って、今日はどのようなことをしたのかと、優しく訊《たず》ね、機嫌のよい笑い声を立てていた。

素読吟味は武家の男子が通るべき道のひとつとも考えられている。だが、図書は大吾に素読吟味のその字も言わなかった。大吾には、それを受けるだけの知力も体力もなかったのだ。いや、学問が苦手だった龍之進も素読吟味は受けていない。手習所《てならいどころ》の師匠の笠戸《かさど》松之丞《まつのじょう》に口酸《くちす》っぱく勧められたが、見習い同心として奉行所に出仕し、忙しいのを理由に逃げてしまった。それについて、後悔というほどではないが、するべきことをしておかなかった後ろめたさは今も感じている。

次郎衛は自分より学問に対して真面目な男だと思う。しかし、努力しても認められないことで、次郎衛は父親に疎《うと》まれていると、はっきり確信した。

「おぬしの父親はどうだった？」

次郎衛は龍之進の父親を気にする。

「拙者は一応、長男で、下に弟もおりませんので、次郎衛さんと比べることはできないと思います。父は短気な男で、気に喰わないことがあれば、しょっちゅう怒鳴っておりますす。うちの家族は父に振り回されっ放しです。そんな男が、よく同心を務めていられるものだと不思議に思うこともありますが、よそでは存外、人望があるようです」

「なるほど。おぬしは父親の情愛を感じているか」

「情愛ですか。そんなことはあまり気にしたことがありませんね。生まれた時から傍にいた人で、多少、横暴であっても、世の中の父親なんて、皆、こんなものだろうと思っております。ただ、務め向きのことで拙者が悩んでいると、それとなく助言してくれます。それはありがたいと思っておりますが」

そう応えた龍之進に、次郎衛は寂しそうな表情を見せた。次郎衛は父親を自分に振り向かせたかったのだろう。ほんの少しでも父親に可愛がられているという実感を持ちたかったのだ。学問だけでなく、剣術の腕を磨いたのも、ひとえに父親に褒めて貰いたかったからだ。

だが、次郎衛の期待に反して、図書は相変わらず大吾ばかりを可愛がった。

祖父の十三回忌の法要が行なわれた時、父方の叔父が、大吾は身体が弱いので、務めに就《つ》いても続けることが難しいかも知れない、ここは次郎衛に跡目《あとめ》を継がせてはどうか、という話をした。

図書は顔を真っ赤にして、長男が跡目を継ぐのは世の倣《なら》い、余計な差し出口は挟《はさ》むな、と叔父に怒鳴った。図書は万難を排しても大吾を守る、次郎衛はあくまでも、大吾に何かあった時の捨て石だとも言った。

捨て石――その言葉が次郎衛の胸を深く抉《えぐ》った。もはや父親には自分に対して一片の情愛もないのだと次郎衛は悟った。叔父は気の毒そうに次郎衛を見たが、図書にはそれ以上、何も言わなかった。大吾は次郎衛の横で吸い物を啜《すす》りながら、そのやり取りを平然とした表情で聞いていた。小面憎《こづらにく》いと次郎衛は思った。まともな考えを持っていたなら、そういう時は、少しでも弟の気持ちを考えてしかるべきだ。しかし、大吾は何も言わなかった。将棋でも囲碁でも、わざと負けてやっていたのに、それに気づかなかった大吾に怒りも覚えた。兄も自分を捨て石と思っていたのかと。

「それがしは兄者《あにじゃ》の捨て石に甘んじるつもりはござらん。それほどうつけ者の兄者をお気に召しているのであればご随意《ずいい》に。小十人格は警護が主たるお役目。そのお役目を兄者が全《まっと》うできるとは、とてもとても思えませぬ。父上は兄者可愛さの余り、眼が曇っておられまする」

　次郎衛は思い切って言った。

「おのれ。黙って聞いておれば数々の暴言。許さぬ」

　図書の眼は憎しみに燃えていた。

「どうなさると」

　次郎衛は試すように訊いた。

「貴様など勘当だ」

「ほう、おっしゃいましたな。拙者、喜んで勘当となりましょう。ただし、叔父上のおっしゃる通り、兄者はお役目を全うできますまい。その先は小普請組に落とされるものと覚悟なされませ。兄者はしくじり小普請となるのでござる。まあ、それもまた、世の中でござろうな」

　言った途端、図書は次郎衛に盃《さかずき》を投げつけた。それをひょいと躱《かわ》すと、間《ま》の悪いことに大吾の額に当たってしまった。大吾は額を押さえて蹲《うずくま》った。はっとした図書が慌てて大吾の傍に行き、大丈夫か、大吾、この父が悪かった、と泣き出さんばかりに謝る。それから医者だ薬だと大騒ぎになった。次郎衛は白けた気持ちで部屋を出て行った。

「売り言葉に買い言葉と申しますが、お父上は、もう少し次郎衛さんの気持ちを考えて下さったらよかったですね。病弱なお兄さんが心配なのはわかりますが」

龍之進は、次郎衛の話を聞いてため息が出た。次郎衛のふとどきな振る舞いは父親に対する反抗が理由だったのだ。子供を平等に可愛がるのは難しいことなのだろうか。それは龍之進も父親になってみなければわからないと思う。

「おれが言った通り、兄者は未だに御番入り《ごばんい》(役職に就くこと)を果たしておらぬ。父は老骨に鞭打《むちう》って、お務めに励んでおるのだ」

「それでもお父上は次郎衛さんに跡目を継がせるとはおっしゃらないのですか」

「ああ、言わない。仮に言ったとしても、おれに受ける気持ちはない」

こじれた父と息子の関係は修復することが難しいようだ。

「だが、胸の内をおぬしに明かして、少し気が楽になった。礼を言う」

「とんでもない。わたしこそ、次郎衛さんが本所無頼派を設立した理由に納得が行きました」

「もはや、その名も無用のものとなった」

「では、解散ですか」

「意地になったところで、おれ一人の力では無理だ。それとも、おぬしが仲間になるか？」

応えられず、眼をしばたたくと、なに、冗談だ、と次郎衛は言った。

「丸屋のかどわかしが本所無頼派の最後の仕事となった訳ですか……」

独り言のように言うと、次郎衛はその時だけ真顔になり、おれは関係がない、妙なことは言うな、と制した。

（うそつき）

龍之進は胸の内で、そっと呟《つぶや》いていた。

「で、縁談の話はどうなりました」

龍之進は古川喜六から聞いた話を持ち出した。薬師寺家を継がないとすれば、他家に養子に行くべきだ。次郎衛は龍之進の問い掛けにため息を洩らした。

「それもなあ、人をばかにした話だった。相手は父と同輩の小十人格の家だが、その家の娘というのが、おれの兄者と同じように病弱だった。いや、兄者より、まだ症状が悪い。まともに言葉も喋られぬ娘なのよ。父親同士は同病相憐《あいあわ》れむの気持ちで、互いに慰め合っていたらしい。結果、その娘におれを引き合わせようということになり、相手の父親もそれを承諾したのだ。それで丸く収まるものと、二人は本気で思っていたらしい。

愚かな親達よ」

「……」

「一度、相手の家に出向き、その娘に会った。あわあわと傍の女中に何か喋っていたが、さっぱり要領を得なかった。お家の存続のため、おれに白羽の矢を立てた気持ちはわからぬでもないが、右も左もわからぬ娘を閨《ねや》に誘うことなど、おれにはできぬ」

直截《ちょくせつ》な言葉に龍之進は赤面したが、次郎衛の言うことはもっともだと思った。同情だけで夫婦になることはできない。

「憐れだとは思ったぜ。おれが暇乞《いとまご》いをすると、その娘は這《は》っておれを追い掛けようとしたのよ。女中は、お嬢様は次郎衛様がお気に召しておられます、と阿《おもね》るような眼でおれに言った。やり切れなかった……」

次郎衛は思い出して顔を左右に振った。

龍之進は慰める言葉が見つからなかった。

次郎衛の行く道は、すべて閉ざされているような気がしてならない。それでも次郎衛の父親はその縁談を蹴ったのなら、勘当すると息巻き、龍之進達に捕縛を促すようなことを言っていた。ひどい男だ。何もわかっていない。その時だけ、龍之進は自分の父親が上等の人間に思えていた。

外がすっかり暗くなったのに気づき、龍之進は慌てて腰を上げた。次郎衛はもう少し飲んで行くと言った。

「またな」

次郎衛は見世を出て行く龍之進に声を掛けた。龍之進は、ご馳走様でしたと言って頭を下げた。

それ切り、龍之進は次郎衛と会うことはなかった。恐らく、次郎衛は養子の話を断り、図書はそれに怒って勘当を言い渡したのだろう。それから次郎衛がどんな人生を送ったのか、龍之進には知る由もない。

本所無頼派は、事実上、消滅した。以後、その名を聞くこともなかった。八丁堀純情派が本所無頼派を追い掛けていた時期は、今考えると、二年余りに過ぎないのだが、まるで十年も関わっていた気がする。強烈な個性を持った若者達だった。今、次郎衛は何を考えているのだろうか。過去の悪事にどんなことを感じているのか、龍之進は知りたかった。

竃河岸《へっついがし》で次郎衛と十四、五年ぶりに再会してから間もなく、龍之進は中間の和助を次郎衛の許へ使いに出した。酒を酌《く》み交わす日時を伝えたのだ。

非番の前日の夕方、龍之進は一升徳利をぶら下げ、竃河岸を目指した。季節は春を迎え、歩く道々、商家の庭に植えた桜が蕾を膨《ふく》らませていた。

次郎衛と花見酒か。それも悪くない。今の龍之進には次郎衛に対して、怒りも憎しみもなかった。それが自分でも不思議だった。

父親に疎まれて育った次郎衛が、ただただ気の毒だった。薬師寺図書の判断の誤りが、一人の有能な男の人生をねじ曲げてしまったとも思う。次郎衛が兄の代わりに御番入りを果たしたなら、間違いなく出世しただろう。末は幕閣《ばつかく》の重鎮《じゆうちん》となることも夢ではなかったはずだ。

しかし、これも世の中だろうか。世の中とは非情なものである。

龍之進が訪《おとな》いを告げたら、きっと次郎衛は嬉しそうな笑顔で迎えてくれるはずだ。小勘の手料理を肴《さかな》に、昔話をあれこれと語るのだ。

そうそう、小勘と一緒になった経緯《いきさつ》も聞かねばならない。次郎衛は照れた表情で話すだろう。次郎衛が駄菓子屋の主となっているのは、たまたまのことだろうか。丸屋の娘がかどわかされた時、その娘のために本所無頼派は駄菓子屋で菓子を買っている。恐らく、菓子を買ったのは杉村連之介だけではあるまい。

次郎衛も買っていたはずだ。その時、次郎衛は、こんな商売もいいなと思ったのかも知れない。利は薄いが、子供達を相手にすることで慰められる自分を思ったとも考えられる。

そして、自分と同じような境遇の子供を見つけたら、さり気なく優しい言葉を掛けてやるのだろう。そういう子供は、駄菓子屋の親仁でも、自分が可愛いがられているのだと思えば、荒《すさ》んだ気持ちが少しでも和《なご》むはずだ。

次郎衛は様々な事件を起こしたにも拘《かかわ》らず、さしたる罪に問われなかった。これが町人なら、とっくに死罪になっていても不思議ではない。当時は、してやったりと、ほくそ笑《え》んでもいただろう。だが、年を取るにつれ、次郎衛の心の中に変化も訪れたと思う。若さのなせる業《わざ》とはいえ、なぜ、あのようなことをしたのだろうと、自分でも首を傾《かし》げたくなる時もあったはずだ。父親が勘当という思い切った手段を取ったからこそ、次郎衛は罪に問われることはなかったのだ。それですべてが帳消しになったとは、次郎衛は思うまい。

いや、思ったとしても、旧悪は次郎衛の胸の中に澱《おり》のように溜《た》まっていただろう。それを晴らす術《すべ》が、駄菓子屋の親仁として子供達の行動に眼を光らせることであれば、龍之進は次郎衛の罪を許したいと思う。それは奉行所の同心として甘い考えだ。朋輩達に言えば、貴様、何様だと笑い飛ばされるか、悪くすれば怒りを買うだろう。

だから、龍之進は自分の考えを他人に言うつもりはない。もちろん、次郎衛本人にも。だが、次郎衛はそれとなく龍之進の気持ちを察してくれるはずだと思う。

次郎衛の見世である「よいこや」は、とうに大戸を下ろしていた。よいこや。笑ってしまいそうな屋号だ。まずはそれをからかってやらねばならない。大戸には小さな通用口が取りつけてあり、それが通りに向かって開いていた。油障子を透かして、中から暖かい光が洩《も》れている。煮物を炊《た》く匂いも漂《ただよ》っていた。

「ごめん」

龍之進は身体を屈《かが》め、油障子を開けて訪《おとな》いを告げた。

内所の障子が開き、女物の半纏を羽織った次郎衛が顔を出した。

「おう、待っていたぜ。ささ、上がれ」

嬉しそうに笑う。龍之進はその笑顔を見て、胸がいっぱいになった。そんな笑顔はかつて自分に見せたことがない。それを思うと込み上げるものもあった。その気持ちに龍之進は説明がつけられなかった。強《し》いて言うなら、鋭利な刃物のように、触れたら怪我をしそうな男が、長い年月を経て丸くなったことへの驚きと安心だろうか。

「駄菓子屋の友達に会いに行くと言ったら、うちの奴から土産にあれこれ買って来てくれと頼まれた。うちの奴は町人の出だから、上等の菓子より、駄菓子屋のものが好みなのよ」

泣き笑いの顔で龍之進は言った。そんな龍之進を見て次郎衛の眼も赤くなった。

「捌《さば》けた女房らしいな。町方同心のおぬしにはぴったりだ」

いい、しゅんと洟《はな》を啜って似合わない世辞を言う。

「顔も見ていねェくせに」

「見なくてもわかる。おぬしが選んだ女房だ。外れはあるまい」

「さて、それはどうかの」

「話はゆっくり聞く。まず、上がれ。おっと、鴨居《かもい》に頭をぶつけるなよ。お互い、何んの因果か大男に生まれついてしまったからな」

次郎衛はいそいそと中へ促《うなが》す。六畳間ほどの茶の間の真ん中に瀬戸の火鉢が置いてあり、そこへ載《の》せた鉄瓶には酒の入った徳利が沈められていた。次郎衛は龍之進がやって来る時刻を見計らい、燗《かん》をつけたのだろう。火鉢の傍には箱膳がふたつ出されていた。

畳は赤茶け、襖《ふすま》も古びていて、おまけにさっぱり片づいていない部屋だった。だが、龍之進は妙に居心地のよさを感じた。温かい雰囲気もあった。それは次郎衛が今の暮らしに存外満足しているからだろう。

「女房に芋の煮っ転がしと卵焼きを拵《こしら》えさせた。おぬし、好物だったたな」

次郎衛は台所に向かいながら言う。小勘はお座敷が掛かったようで、そこにはいなかった。

「覚えていたのか」

龍之進は驚きの声を上げた。

「ああ。これでも、もの覚えはいいほうでな」

「恐縮でござる」

しゃちほこばった言い方で応えると、次郎衛は、けけっと笑った。

「小勘のことはよろしく頼むぞ」

「女房の昔の間夫《まぶ》に改めて頼まれるのも妙なものだの」

「それを言うな。おれは心底すまないと思っているんだから」

「済んだことは言うな。おのぶはおれと同じ匂いのする女よ。最初に会った時から感じていた。切羽詰まれば、煮るなり焼くなり、好きにしろと開き直る。手前ェ《てめ》に非があっても決して謝らない女よ」

「そういうことがあったのか」

「あった」

「聞かせろ」

「そう焦《あせ》るな。夜は長い」

次郎衛はさり気なく龍之進を躱《かわ》した。次郎衛は小丼に芋の煮っ転がしを入れ、卵焼きを載せた皿も箱膳に並べる。その他に刺身と魚の煮つけも用意されていた。小勘の心尽くしが感じられた。

「まずは一献」

次郎衛は燗のついた徳利を勧めた。

「かたじけない」

猪口《ちょこ》で受けてから、龍之進も次郎衛に酌《しゃく》をした。

「再会を祝して」

龍之進は猪口を目の前にかざしてから酒を飲んだ。温かい酒が身体に滲《し》みわたるようだった。

「おれは嬉しいぞ、龍之進」

次郎衛は感激した様子で言う。

「そうか」

「おれは龍之進と友達になった気分だ」

次郎衛は無邪気に喜んでいた。

「友達だろうが。だからこうして飲みに来た」

「本気でそう思っているのか」

「むろん」

そう応えると、次郎衛は眼を潤ませて酌をする。

「これからもずっとか？　爺《じじ》ィになるまで」

次郎衛は確かめるように訊く。

「そのつもりだ。おれは、この見世を通り掛かった時は顔を出す。おぬしは穏やかならぬ風聞を耳にした時はおれに知らせろ」

「へへえ、龍之進はおれに小者をさせるつもりか」

「お望みなら十手と鑑札《かんさつ》を与えてもいいぞ」

そう言うと、次郎衛はさらに感激した態《てい》になった。

「竈河岸の親分と呼ばれるのも悪くないな」

「悪くない」

「しかし、おれのような男が本当に小者になれるものかの」

「蛇《じゃ》の道はへびという諺《ことわざ》もある。昔は悪《わる》と呼ばれていたからこそ、わかることもある」

「はっきり言うのう。おれは悪か」

「立派に悪だった」

そう言うと、次郎衛は弾《はじ》けるような笑い声を立てた。

そうして酒を酌み交わしながら、花時の夜は朧《おぼ》ろに更けて行った。月もない夜だった。

十七

髪結いの伊三次の仕事は八丁堀・亀島町《かめじまちょう》の組屋敷にある不破家に通うことから始まる。日髪日剃《ひがみひぞ》りが身上の同心達には毎朝、髭《ひげ》を剃り、髪を結う習慣があった。着物は着流し、竜紋裏《りゅうもんうら》の紋付羽織を重ね、雪駄《せった》ちゃらちゃらと市中を歩く。ちゃらちゃらは雪駄の裏に取りつけた金具が地面とこすれ合う音を表している。実際には、ちゃらちゃらと聞こえる訳ではないが、物見高い江戸の人々は、親しみとからかいを込めてそう言うのである。

　伊三次も常は雪駄を履《は》いている。不破家は毎年、正月になると、出入りの履物屋で誂《あつら》えさせた雪駄を伊三次に進呈してくれる。その他には年、四両ほどの小者の給金を受け取っている。年四両は女中が雇い主から受け取る給金と同じだ。

　俗に、与力、相撲に火消しの頭《かしら》が江戸の男の花形と言われるが、同心も負けてはいない。

　きれいに頭を整え、朱房《しゆぶさ》の十手に長脇差《ながわきざし》を着けた姿は粋で、市中の人々からは八丁堀の旦那と持ち上げられて人気があった。

　何んの因果か、伊三次はこの八丁堀の旦那の髪を任され、その上、小者（手下）の役目も引き受けている。下手人の聞き込みや張り込みが続くと、自分の本業がどちらなのか、自分でもわからなくなることがあった。

　伊三次の女房のお文は捕物御用が好きなのだろうと言うが、好きだけでは、これほど長くは続かない。もう、かれこれ二十年以上になる。伊三次はこれまで様々な事件と関わって来た。罪を犯す人間には、皆それぞれに理由があった。闇雲に事件を起こす者は滅多にいない。貧しさがその理由にはならないと伊三次は思っている。もっと切羽詰まった事情があるのだ。その事情は人それぞれで、一概《いちがい》にこれとは言えない。貧しい人間は、この江戸にはごまんといる。いや、大半が貧しい者ばかりだ。実際、伊三次だって、裕福とは言えない家に生まれている。

父親は手間取りの大工だった。腕がよいと評判だった。贅沢はできなかったが、父親が取って来る給金で親子四人は暮らして行けた。

ひと回り年上の姉が父親の働き盛りの頃に嫁に行ったのは幸いだった。姉のお園《その》は京橋の炭町《すみちょう》で「梅床《うめどこ》」という髪結床《かみゆいどこ》を構えていた十兵衛《じゅうべえ》の許に嫁いだ。十兵衛は以前からお園を気に入っていた。お園は、十兵衛にその気はなかった。だが、十兵衛はお園にすげない態度をされても諦めることなく、一緒になってくれと言い寄っていたのだ。

父親は十兵衛が使われているのではなく、見世の親方だったことから、惚れられて嫁に行くのは倖せなことだとお園を諭《さと》した。お園は他に心を魅《ひ》かれていた人がいたらしいが、父親の言葉に従ったのだ。

ところが、嫁になったお園に十兵衛は途端に邪険な態度を取るようになった。泣いて逃げ帰ったことも何度かあった。伊三次は、最初から十兵衛は虫が好かなかった。それでも夫婦とは妙なもので、子供だけは次々と生まれた。ある時期からお園もすっかり諦めたようだ。

父親が普請現場で怪我を負い、それが原因で死ぬと、母親も後を追うように死んでしまった。母親が生きていれば、伊三次は髪結い職人とはならず、父親と同様に大工の徒弟となったことだろう。実際、父親の後にくっついて十歳頃から手元《てもと》（大工の見習い）を始めてもいたのだ。

だが、母親が死ぬと、途端に風向きが変わった。お園は残された伊三次が不憫《ふびん》で、十兵衛が反対したにも拘《かかわ》らず、自分の所に引き取ったのだ。自分の眼の届く所に伊三次がいれば、少しでも安心できたからだろう。

お園の気持ちは今でもありがたいと思っているが、十兵衛には素直になれなかった。十兵衛も反抗的な眼をする伊三次が気に入らず、何かと言えば怒鳴り、挙句に殴りつけた。

お園の所にいた年月は伊三次にとって地獄とも思えた。そのお蔭で髪結いになれたのだろうと慰める者もいるが、当時は、とてもそんな気持ちになれなかった。十兵衛が恐ろしいから必死で髪結いの技《わざ》を覚えたというのが正直なところだ。

ろくに小遣いも与えられず、朝から晩まで扱《こ》き使われた。十兵衛に対する憎しみを抱えて伊三次は大人になったのだ。自分がされたようなことは人にするまい。伊三次は早くから、そう肝《きも》に銘《めい》じていた。

そんな伊三次でも情けを掛けてくれる人間は多くいた。自分を邪険にする者には意地を見せるが、優しくされると、途端に気が弛《ゆる》み、訳もなく涙が流れた。昔の伊三次は泣き虫と呼ばれた。

辛い修業に耐えて、ようやく一人前になり、これから給金も与えられるものと思っていたが、十兵衛は相変わらず伊三次を居候《いそうろう》扱いしかしなかった。十兵衛の言いなりになってばかりはいられなかった。梅床では自分を贔屓にしてくれる客もぽつぽつ現れていたからだ。

思い切って待遇の話を持ち出せば、十兵衛は顔色を変え、誰のお蔭で今までめしを喰って来たのかと恩に着せた。十兵衛には五人の息子がいたので、伊三次も自分が梅床を継ぐとは思っていなかった。しかし、長男の友吉《ともきち》が一人前になるまで、これまで通り働けと言われた時は、さすがに頭に血が昇った。

長男の友吉はまだ八歳だった。一人前になるには十年も掛かる。いつまでも十兵衛に都合よく使われたくなかった。それで派手な喧嘩の末に伊三次は梅床を飛び出したのだ。

とはいえ、行く宛はなかった。よその髪結床の親方にも縋《すが》ってみたが、おおかたは十兵衛と諍《いさか》いになることを恐れ、面倒を見るとは言わなかった。幼なじみの友人の家を転々と泊り歩き、その間に何んとか自力で客を探し、仕事をしたかったが、思うようには行かなかった。たかが髪結い職人とはいえ、お上に届けを出さなければ仕事ができない世の中である。親方あっての弟子で、親方から勝手に離れた伊三次に世間の風は冷たかった。

切羽詰まった伊三次はご法度《はっと》の忍《しの》び髪結いを働くようになる。髪結い職人には本来の仕事と別に高札場《こうさつば》の管理などの公務が課せられる。また、奉行所や小伝馬町《こでんまちょう》の牢屋敷に非常事態が起きた時は駆けつけ、大事な書類を運び出すのを手伝わなければならなかった。

そういう公務を怠《おこた》る髪結い職人を忍び髪結いと呼んで、奉行所は厳しい取り締まりをしていたのである。

捕まっては、只では済むまいと伊三次も思っていたが、生きて行くためには仕方がなかった。昔の自分を思い出すと、伊三次は顔が赤らむ。何も考えていなかった。ただもう、目先の利にあくせくするばかりだった。そんな自分が恥ずかしいと今では思う。

忍び髪結いに手を染めて半年ほど経《た》った頃、案の定、伊三次は岡っ引きにしょっ引《び》かれた。

近頃、腕がいいと評判の忍び髪結いが市中に出没しているとの噂を聞くと、恐らく十兵衛は伊三次だと当たりをつけ、組合を通して奉行所に知らせたのだろう。

捕まって、すごすごと尻尾を巻いて伊三次が自分の所に戻って来るものと十兵衛は思っていたようだ。

もしも、取り調べをしたのが定廻り同心の不破友之進でなかったなら、伊三次は罰金刑を喰らい、その支払いは十兵衛に頼るしかなかっただろう。以後、十兵衛は大いばりで伊三次を只働きさせたはずだ。十兵衛とは、その後しばらく絶交状態が続いたが、伊三次は梅床から離れられただけで満足していた。

不破は命の恩人である。今があるのも不破のお蔭である。伊三次は心底そう思っている。

不破は伊三次の罪を公にしなかっただけでなく、その先の道も考えてくれた。廻り髪結いとして正式に仕事ができるようになったのも不破の口利きによるものだ。不破は十兵衛のように恩に着せたりしない男だが、髪結い御用の他に、誰それの身辺を探れだの、とある商家に出入りする客に、これこれこういう者はおらぬか聞いて来いだのと、務め向きのことを伊三次に命じた。訳もわからず言う通りにしている内、いつしか伊三次は不破の小者という立場になっていた。

不破の仕事を助けることが、いわゆる廻り髪結いとしての公務だとも伊三次は了簡《りようけん》した。

廻り髪結いは床を持たず、客の所に出かけて仕事をする出張髪結いのことである。毎日市中を歩いているので、自然、情報通にもなる。伊三次の他に廻り髪結いの小者が何人かいるそうだが、伊三次はまだ会ったことがない。北町奉行所で廻り髪結いの小者は恐らく自分だけだろうと思っている。

また、お文と出会ったことも自分にとっては転機だった。お文に出会わなければ自分の人生は今と違ったものになっていただろう。

それを言うと、お文は、わっちこそお妾《めかけ》でなく、正式に人の女房となり、二人の子供の母親になれたのだから、滅法界《めっぽうかい》、倖せだと応える。芸者を生業《なりわい》にしていれば、金のある旦那の世話になるのが、その世界では普通のことだ。かつてはお文も年寄りの旦那の世話になっていたことがあった。妾というものが、どういうものか、いやと言うほど思い知ったようだ。以後、お文は二度と旦那を持とうとせず、伊三次の女房となる道を選んだ。

その代わり、お文は貧乏に喘《あえ》ぐことにもなったが。

日本橋の佐内町で火事に遭った時は、さすがに伊三次とお文はめげた。無一文、丸裸になってしまったのだ。火事は江戸の華《はな》と言うけれど、焼け出された者は、とてもそんな粋な言葉は遣えない。五歳の息子を抱え、おまけにお文は次の子を宿していた。ぼんやりしている暇はなかった。お文はかなり腹が目立つようになるまでお座敷に出ていたし、伊三次も尻に火が点《つ》いたように仕事をした。今の三倍ほどの丁場（得意先）を廻った。まだ三十そこそこで馬力もあったからだろう。当時の真似は、今ではとてもできない。

所帯を立て直したのも、様々な人のお蔭である。捨てる神あれば拾う神ありの諺《ことわざ》通りであった。

時々、お文ではなく、別の女を女房にしたとしたら、どんな人生になっていただろうかとふと、思うことがある。すると、一人の女の寂しそうな表情がつかの間、伊三次の頭をよぎった。

十八

あれは火事の後のことだった。お園は家を焼かれた伊三次に同情し、しばらく梅床にいるようにと言ってくれた。その頃には十兵衛との仲も、以前ほど険悪ではなくなっていた。

だが、お文は息子の伊与太を連れ、世話になっていた芸妓屋《げいぎや》の「前田」に身を寄せると言った。芸者稼業をしていれば、そのほうが動き易かったからだ。お文がお座敷に出ている間は、住み込みの女中やら、お内儀のおこうが伊与太の面倒を見てくれるという。

幾ら何んでも亭主の自分まで前田に厄介になる訳には行かず、伊三次だけ梅床で寝泊まりした。朝は不破家の髪結い御用をして、それから弟子の九兵衛とともに梅床の手伝いをし、午後からは九兵衛を残して廻りの仕事に出た。

丁場は日本橋周辺だけでなく、深川、本所と広範囲である。道中にも時間が掛かる。深川に入ったら木場の材木問屋の主、番頭の頭をやっつけ、そこから佐賀町《さがちょう》に向かい、干鰯問屋《ほしかといや》、下駄屋などの客を捌《さば》く。それから本所に行って、湯屋の主《あるじ》、呉服屋の番頭の頭をやった。最後の仕事を終えると、さすがに疲れが出て、口も利きたくなかった。本所から京橋へ戻る道中も泣きたくなるほど遠かった。精も根も尽き果てる。

暮六つ（午後六時頃）を過ぎて、とっぷり暮れた夜道を伊三次は台箱を携《たずさ》えて、とぼとぼと歩いた。舟を使えば、少しは楽になるのだが、その頃は舟の手間賃さえ惜しかった。

永代橋《えいたいばし》に向かって清住町《きよずみちょう》を歩いていた時、とある小路に赤い提灯《ちょうちん》が見えた。何か食べ物商売をしている見世らしかった。晩めしはお園が用意してくれるが、その日は帰るまで持ちそうになかった。腹の虫が盛んにぐうぐう鳴っていた。おでんでもあれば、ひとつふたつつまみたいと思ったし、歩き通しだったので腰を下ろして休みたかった。無駄な銭を遣うのは気が引けたが、舟賃よりも安いはずだと自分に理屈をつけていた。

伊三次の予想通り、その見世「おかめ」はおでんが売りの居酒見世《いざかみせ》だった。伊三次は藍暖簾《あいのれん》を掻き分けて見世に入った。

「いらっしゃいまし」

その見世のおかみらしい女が狭い板場を囲むようにした飯台《はんだい》の中から声を掛けた。鉤形《かぎがた》の飯台の前には絣《かすり》の小座蒲団を載《の》せた酒樽の腰掛けが五つばかり置いてあり、印半纏《しるしばんてん》を羽織った職人ふうの男が一人、ひっそりと酒を飲んでいた。飯台の後ろは衝立《ついたて》を置いた小上《こあ》がりになっていたが小上がりに客はいなかった。

「どうぞ、座って下さいまし」
二十五、六の、おかみと呼ぶには若い女が笑顔で促《うなが》す。飯台の陰におでんの銅壺《どうこ》が温かい湯気を立てていた。伊三次は先客から少し離れた席に腰を下ろした。
「お酒ですか」

おかみは伊三次の前の飯台を台拭《だいぶ》きでさっとひと撫でするとと心得顔で訊いた。藍色の無地の着物に茜襷《あかねだすき》と赤い友禅《ゆうぜん》の前垂れを締めていた。

ふっくらとした頰の片一方にえくぼができている。美人ではないが愛嬌が感じられるおかみだった。

「おれはあいにく下戸《げこ》で、酒は嗜《たしな》みやせん」

そう言うと、先客は何しに来たというふうに、くすりと笑った。四十絡《がら》みの男だった。

「大根とこんにゃくをひとつずつ。それに茶を頼みます」

しみったれた注文にも、おかみは愛想よく肯《うなず》いた。おかみが茶を淹《い》れている間、伊三次は見世の中を興味深い眼で見回した。煤《すす》けた天井から八間《はちけん》(大型の吊り行灯)が下がり、その光が見世の中を明るく照らしていた。飯台の所々に、客の眼を喜ばせる招き猫だの、野の花が入った一輪挿《ざ》しだのがさり気なく飾られている。しかし、窓障子も調度品もかなり古びている。昨日今日、商売を始めたような感じではなかった。

「お客さん、この見世は初めてですよね」

おかみは大ぶりの湯呑に入った茶を差し出しながら言った。

「へい。佐賀町には仕事でちょくちょく来るんですが、この見世があることは今まで気がつきやせんでした」

「夜だけやっている見世ですからね。お昼間通っても気がつかないと思いますよ。お客さんは髪結いさんかしら」

おかみは伊三次が脇に置いた台箱に眼を向けて訊く。

「さいです。今日はやけに腹が空いて、帰《け》ェるまで持ちそうになかったもんで、ちょいとここへ立ち寄る気になりやした」

「嬉しい。これで新しいお客さんが増えた」

おかみは無邪気に喜んだ。

「大した銭にはならねェ客ですよ」

伊三次は自嘲気味に応える。

「ううん。お客さんはお客さんよ。留《とめ》さん、お酒、追加します？」

言いながら、傍《かたわ》らの客にも気を配る。

「ああ、もうひとつ燗《かん》をつけて貰うか」

留さんと呼ばれた客は、ぼそりと応えた。

おかみはちろりに酒を注《つ》ぎ、銅壺の横に取りつけてある穴の中にちろりを沈めた。銅壺は酒の燗もつけられる作りになっていた。

伊三次の前に醤油色に滲《し》みた大根と黒いこんにゃくが入った皿が置かれた。大根は伊三次が思った以上に大きかった。

「でかい大根だなあ」

思わず感歎《かんたん》の声が出る。

「そうでしょう？　うちはよそより大根が大きいのですよ。お父っつぁんの友達にお百姓をしている人がいて、いつもとびきり大きな大根を届けてくれるんですよ」

おかみは得意そうに言った。大根に箸を入れると、柔らかくちぎれた。口に入れると、とろけそうなほどうまかった。

「こんなうまい大根を喰ったのは久しぶりだ」

「本当ですか。留さん、褒《ほ》められちゃった」

「そいじゃ、おれにも大根ひとつくれ」

男は伊三次に釣られたように言う。

「あら留さん、大根が嫌いじゃなかったの？　どうした風の吹き回しだろう」

「嫌いって訳じゃねェよ。あれをひとつ喰ったら、他の肴《さかな》が入らねェから遠慮していただけだ」

男は貝の剝《む》き身《み》の煮つけで一杯やっていた。

酒のあては、あまりあれこれいらない男のようだ。

「お前ェさん、髪結いと言ったが、台箱を持っているところは廻りけェ？」

「さいです」

「深川はどこに贔屓がいるのよ」

「そうですね。佐賀町なら『魚干《うおかん》』さんと『下駄甚《げたじん》』さんで、島崎町《しまざきちょう》は『山丁《やまちょう》』さんと『三好屋《みよしや》』さんに行きやす」

山丁と聞いて、男は少し酒に咽《むせ》た。驚いた様子だった。

「お前ェさん、山丁の仕事も引き受けているのけェ。先代はとんでもねェ暴れ者だったが、先代の頭もやったことがあるのけェ？」

「ありやすよ。大将は数年前に亡くなりやしたが、それまで何度も呼ばれておりやした」

山丁こと山屋《やまや》丁兵衛《ちょうべえ》は大工の親方だったが、男が言ったように深川では暴れ者で有名だった。気に入らないことがあると誰彼構わず殴りつけたものだ。しかし、丁寧な仕事には定評があり、客の信用もあった。

「お前ェさん、やられたことはねェのけェ？」

男は興味深い眼で伊三次を見た。

「ありやすよ。がつんと殴られて眼から星が出たもんです」

そう言うと、男は愉快そうに笑った。

「それでもつき合いはやめなかったってことか」

「やめたかったのは山々ですが、今の旦那は大将の娘の婿《むこ》となった人で、手前の幼なじみの兄貴だったもんで、どうしても断ることはできやせんでした」

「山丁なだけに山々ってか？　おもしろいことを言う男だ」

与太話《よたばなし》をしている内に、伊三次の疲れも不思議に癒《い》えるようだった。大根とこんにゃくを食べ終えると、伊三次は腰を上げた。

おでんは一つ八文で占めて十六文。二八蕎麦《にはちそば》と同じ値《あたい》だった。伊三次は心付けを入れて二十文置いた。

「また寄って下さいまし」

女はそう言って、外まで見送ってくれた。

「留さん、また会いやしょう」

伊三次は機嫌のいい声で男に言った。

「もう、おれの名前を覚えてやがら」

苦笑交じりに男は応えた。

その日をきっかけに伊三次は時々、おかめを訪れた。火事で家族と離ればなれに暮らしていた伊三次にとって、おかめでおかみのお里《さと》や常連客の留助《とめすけ》などと他愛ない会話を交わすことが、ささやかな慰めともなっていたのだ。

おかめに通っている内、お里が病《やまい》の父親の看病をしながら商売をしていることも、それとなく知った。母親はお里が子供の頃に家を出て行ったという。それから父親の菅蔵《すげぞう》はお里とその下のお鶴《つる》を育てたのだ。屋号のおかめは菅蔵の母親の名に因《ちな》んだものだった。

お里の母親が家を出たのは、祖母のお亀《かめ》と反りが合わなかったことが理由らしい。母親がいなくなって寂しいこともあったが、お亀が傍にいたので、お里もお鶴も日々の暮らしに不足を覚えることはなかったという。

元気な頃のお亀は自分も見世に出て客の相手をし、菅蔵は料理茶屋で修業した腕を頼りに気の利いた料理を出していたので、見世は繁昌していた。

お亀が寄る年波に勝てず還暦を過ぎた頃に亡くなると、代わってお里とお鶴が見世を手伝うようになった。二つ違いのお鶴は見世の客で青物問屋の手代をしている男と一緒になった。お鶴は姉ちゃんがお嫁に行くのが先だと嫁に行くのを渋っていたが、望まれている内が華だとお里は諭して、三年前にお鶴を嫁がせた。長女のお里も内心で婿になってくれそうな人を探していたが、あいにく、そのような相手は、おいそれとは現れなかった。その内に菅蔵が体調を崩し、包丁を持つことができなくなると、お里は菅蔵の指示で刺身や凝《こ》った料理は出さず、おでんと簡単な突き出しと焼き魚、漬物だけにした。

鯖《さば》だし、鯖だしを使ったおでんは存外、客の受けがよかったが、長年、菅蔵の刺身や魚料理を楽しみにしていた客は離れて行った。

客の数は菅蔵が元気だった頃に比べると半分以下に減ってしまったが、お里は菅蔵の看病をしながら見世を続けられることを喜んでいた。嫁に行ったお鶴が掃除や仕入れを手伝ってくれるので、それも助かっている様子だった。

「仲のいい妹さんがいて、よかったですね」

伊三次はおでんをつまみながら、お里の話に応えた。

「そうなのよ。うちは二人姉妹だから、昔から何んでも相談しながらやって来たんですよ。伊三次さんのごきょうだいは？」

「姉がひとりおりやす。おれは子供の頃にふた親を亡くして、ひと回りも年が離れた姉に引き取られたんですよ。姉の連れ合いが髪結床の親方だったもんで、おれも自然に髪結いになったという訳です」

十兵衛に邪険にされただのと、余計な話はしなかった。

「今はどちらにお住まいなんですか」

「へい。京橋の姉の所におりやす。日本橋の佐内町《さないちょう》に住んでいたんですが、火事に遭《あ》って焼け出されてしまいやした。それで、仕方なく姉を頼ったという訳ですよ」

「まあ、火事ですか。二月の晦日《みそか》頃の火事かしら。確か、日本橋一帯が焼けたと聞きましたけれど」

「それですよ」

「お気の毒に」

　お里はつかの間、眉根を寄せた。

「まあ、命が助かっただけでも儲けものですよ。焼け死んだ人もたくさんおりやしたからね」

「本当ね。命あっての物種《ものだね》ですよね」

「ですから、早く家を借りられるようになりてェと銭を稼《かせ》いでいる最中《さいちゅう》でさァ。遣える小遣いも限られてしまうんで、お里さんにとっちゃ、おれは、あまりいい客にはなりやせんが」

「そんなこと気にしないで。お見世に来ていただけるだけで、あたしは嬉しいですよ」

　最初に訪れた時と同じようにお里は応えた。

　お文と伊与太のことは、別に隠したつもりはなかった。訊かれなかったから、敢《あ》えて言わなかっただけだ。だが、後で考えると、お里は姉の所に身を寄せている伊三次を独り者だと思ったようだ。いや、お里は最初に会った時から伊三次に好意のある表情をしていたと思う。それは伊三次にとって、悪い気持ちではなかった。

　女房が子を孕《はら》んでいる時に浮気に走る亭主のことはよく聞くが、それはあくまでも他人事だと伊三次は思っていた。

だから、不破家の中間《ちゅうげん》をしていた松助《まつすけ》にずばりと指摘された時は大袈裟でもなく、肝《きも》が冷える心地がしたものだった。

十九

あの頃、伊三次が追い掛けていた事件は、ちょいと厄介なものだった。南伝馬町《みなみてんまちょう》の味噌・醤油問屋「野田屋《のだや》」に奉公していた手代が主とお内儀、住み込みの手代、小僧を殺し、挙句に火を放った罪で捕縛《ほばく》された。主とお内儀との間には二人の娘がいたが、その夜はお内儀の姉の家に泊まりに行っていて難を逃れたという。火事に気がついた女中が慌てて外へ出ると、暗闇の中に走り去って行く男の後ろ姿を見たそうだ。事件当夜、手代の稲助《いねすけ》は見世を閉めた後、近所の居酒見世に飲みに行き、その場にいなかったことも疑われた要因の一つだった。もちろん、稲助は、決してそのようなことはしていないと強く否定していた。

しかし、調べを進める内、手代の稲助は大鋸町《おがまち》の居酒見世「末広《すえひろ》」に小半刻《こはんとき》（約三十分）もいなかったという。事件が起きたのは真夜中のことなので、末広を出てからの稲助の足取りがわからなかった。稲助の話によれば、末広から出た後、堀江町《ほりえちょう》の裏店に住む姉夫婦の所に行ったが、姉夫婦は派手な夫婦喧嘩をしていたので、自分が下手に出て入っては夫婦喧嘩がこじれると思い、声を掛けずに野田屋に戻ったという。

戻ってみると、見世の勝手口は鍵が掛かっていた。

女中は稲助が外に出て行ったことに気づかず、戸締りをしてしまったらしい。酒好きの稲助はこれまで、こっそり見世を抜け出すことが度々あった。拳《こぶし》でどんどんと勝手口の戸を叩いたが、誰も出て来てくれなかった。

締め出しを喰らった稲助は朝まで待つしかないと諦め、越中殿橋《えっちゅうどのばし》近くの請負地《うけおいち》にある稲荷で時間を潰《つぶ》した。稲荷のお堂に忍び込み、膝を抱えてうとうとしていると、夜中に火の見櫓《やぐら》の半鐘の音が聞こえて来た。半鐘は擂《す》り半《ばん》で至近距離の火事を伝えるものだった。

稲助が慌てて稲荷を飛び出すと、あろうことか野田屋が燃えていた。稲助が恐ろしさにぶるぶる震えているのを、駆けつけた番頭が見つけた。一番番頭の田助《でんすけ》は住み込みでなく、野田屋の近くの桶町《おけちょう》に家があった。

「お前、見世にいなかったのか」

田助は詰《なじ》る口調で稲助に訊いたが、稲助は震えるばかりで返答ができなかった。田助はその様子から稲助に不審を持ち、翌朝、焼け跡を調べていた土地の岡っ引きと奉行所の同心にそっと知らせた。

北町奉行所の吟味方の与力・同心は稲助の容疑を固めるべく、きつい取り調べを行なった。それにより、稲助はとうとう白状し、身柄は小伝馬町《こでんまちよう》の牢屋敷《ろうやしき》に移され、後はお白洲《しらす》で奉行の裁《さば》きを待つばかりだった。野田屋の主、お内儀、それに奉公人を殺し、おまけに火を放ったのだから死罪は免《まぬが》れなかった。

しかし、お白洲での裁きで稲助は自分の仕業でないと異を唱えた。これには吟味方が大いに慌てた。まさか、そこで罪を引っ繰り返されるとは夢にも思っていなかったからだ。

奉行は落ち着いた声で、しかし、その方《ほう》は罪を認めたから口書《くちが》き（供述書）に爪印《つめいん》を捺したのだろうと言った。それに対し、稲助は夜も昼もなく責められたので、楽になりたい一心でうそをついたと応えた。その時のお白洲では稲助に死罪の沙汰《さた》が下りず、再吟味の形にされた。北町奉行は遠島《えんとう》以下の刑は裁断できるが、死罪となると書類を作成して幕府の老中に差し出す仕来たりだった。老中はそれを読み、奉行所の判断に間違いないと判断すれば将軍に上申して許可の印をいただく。

そこで初めて死罪が確定するのだ。将軍の許可は得ていたが、奉行は念の為、稲助の処分を保留にした。体面を汚された吟味方は確たる証拠を集めるべく奔走した。北定廻り同心の不破友之進は、稲助の罪には半信半疑だった。しかし、泣く子も黙る北町奉行の前で堂々と容疑を否認した稲助に、もしやという気持ちが浮かんだ。それで吟味方とは別に隠密廻《おんみつまわ》りにも声を掛けて探索を始めることにした。

　事件の鍵は三つ考えられた。野田屋の女中が見掛けた下手人らしい男の後ろ姿と、稲助の姉と亭主の夫婦喧嘩、それに火事が起きるまで稲助がいたという稲荷だった。

　野田屋の女中は下手人らしい男を稲助かどうかはわからなかったと言っていた。稲助の姉も、確かにその夜は亭主と金のことで喧嘩になったと話している。そうだとすれば、末広から出た稲助の足取りに納得が行く。稲荷のお堂も、人目を避けてひと晩過ごすことは、無理ではなかった。

　しかし、その後に吟味方で作成された書類では、三つの事項は、ことごとく覆《くつがえ》されていた。曰《いわ》く、野田屋の女中は去って行く男は確かに稲助だったと言った。稲助の姉の夫も、事件当夜、自分達は夫婦喧嘩などしていないと言ったという。また稲荷のお堂で夜を過ごすには、春とはいえ、夜風が滲《し》みて耐え難いはずだと。

　不破は稲助に対する漠然とした悪意を感じた。稲助を亡き者にして誰が得をするのかと憤《いきどお》った。それはひとえに吟味方の体面保持に外《ほか》ならない。北町奉行所の吟味方は与力十騎《き》（人）、同心二十人で構成されている。その中で野田屋の事件に関わった与力は戸《と》田善九郎《だぜんくろう》という四十六歳の男と小栗倉之丞《おぐりくらのじょう》という二十五歳の同心、三十二歳の都築幾太郎《つづきいくたろう》という同心だった。

　不破の朋輩《ほうばい》で隠密廻り同心の緑川平八郎《みどりかわへいはちろう》は、戸田殿は意地になっていると思われる、と言った。

「意地になっているとはいえ、人ひとりを死罪にするからには、確たる証拠と理由がいる。稲助からは見世の主夫婦と奉公仲間を殺す理由がしかと見えぬ」

不破は怒気を孕んだ声で反論した。

「稲助は酒にだらしがないところがあり、日頃から野田屋の主とお内儀から小言を言われていたらしい。それを恨みに思っていたふしも考えられる」

「いかに恨みを抱いていても殺しまでするか？　しかも、見世に火まで放っている。見世が焼ければ手前《てめ》ェも仕事を失うことになるんだぞ」

「殺しの証拠を消すために付《つ》け火をしたんだろう」

緑川はあくまでも冷静な判断をしようとしていた。だが、不破は納得できなかった。

「出刃包丁で殺したことになっているが、それは見つかっているのか」

「見つかっていない。野田屋の台所からは、出刃包丁はなくなっていないそうだ。恐らく、外から持ち込んだものだろう」

「もしや、出刃包丁か他の凶器か特定できておらぬのではないか」

「多分な」

緑川は気のない返答をした。

「吟味方はその凶器を稲助がどこから持って来たと考えているのだ」

「稲助は楓川《もみじがわ》に捨てたと言っているそうだが、それは稲助が返答に窮して、おざなりに応えたんだろう」

「吟味方は楓川の川浚《かわざら》いをするのか」

「恐らく、するつもりはないだろう」

「なぜだ」

「稲助が川に捨てたことを拵《こしら》え話だと気づいているからだ」

不破はいらいらして月代《さかやき》の辺りをがりがりと掻いた。

「吟味方が、何が何んでも稲助を死罪にしたいと意気込んでいるのであれば、おれ達の出る幕でもないだろう。所詮、素行のよろしくない奉公人が消えたところで、世の中の流れに影響がある訳でもない」

緑川はつい、本音を洩らす。

「くたばりやがれ！　貴様、それでも奉行所の同心か？　稲助を死罪にすれば、それで済むのか？　もしや冤罪《えんざい》だとしたら何んとする。本当の下手人は、まんまと逃げおおせたとほくそ笑《え》むことだろう。おれは許せん」

顔色を変えた不破に緑川は、はっとした表情になり、すまん、つまらぬことをほざいてしまったと謝った。

「わかればよい。吟味方が稲助を下手人にする方向なら、おれはその逆を行きたい。事件当夜の稲助の足取りを改めて探る。おぬしは協力してくれるだろうな」

不破は試すように緑川を見た。

「そこまで言うなら協力する。しかし、吟味方に恨まれることになるぞ」

「それは百も承知、二百も合点だ」

不破は豪気に吼《ほ》えた。


伊三次は江戸市中で野田屋から品物を仕入れている見世を当たり、それとなく野田屋の噂を聞くことを不破から命じられた。野田屋の客は存外、広範囲にいて、早い話、清住町のおかめでも野田屋の醤油と味噌を使っていた。それは菅蔵が野田屋の品物に信頼を置いてそうしていたようだ。

伊三次がたまたま仕事帰りにおかめを訪れ、おでんをつまみながら、この見世の醤油と味噌はどこから仕入れているのかと訊いたことから野田屋の名が出たのだ。

「でもね、近頃、お父っつぁんは金気《かねけ》臭いような気がすると言うんですよ。病のせいで口が変わったのかも知れませんね」

菅蔵は労咳《ろうがい》を患《わずら》っていた。寝たきりという訳ではなく、日中は見世の裏手にある庭で草花の手入れをして過ごしていた。だが、咳《せき》込むことが多いので、やはり客に出す料理は作ることができない。また、体力も落ちているので、立ちっ放しの仕事は無理だった。

「そいつは醤油ですかい」

「いいえ。味噌です。おみおつけを出すと決まって首を傾《かし》げるの」

「親父さんは長年、料理人をやって来た人だ。たとい、病を得たとしても味噌汁の味の違いはわかると思いやす」

伊三次は意気込んで言った。お里は眼をしばたたき、何か理由があるのかしらと思案顔になった。

「試しに他の味噌で味噌汁を拵えてみて下せェ。それでも親父さんが金気臭いと言うのなら、そいつは病のせいにするしかありやせんが、恐らく、そんなことはねェと思いやす」

「伊三次さんには心当たりがあるのですか」

「まだ、はっきりとは言えやせんが、野田屋の味噌樽の中に金気を含んだ物が混じっているような気がしやす」

「それは何んですか」

「包丁とか刃物の類《たぐい》ですかね」

「でも野田屋さんは火事で燃えてしまったじゃないですか。調べることは難しいのじゃないかしら」

「へい。ですが、味噌の残骸はあると思いやす」

「何んだ、何んだ。伊三さん、岡っ引きの真似事でもしようってのか」

それまで黙って話を聞いていた留助がからかうように口を挟《はさ》んだ。伊三次がおかめを訪れても、いつもその留助か、多くても二人ぐらいしか客がいなかった。その夜も客は留助だけだった。

「いや、実は、手前は八丁堀の旦那の髪結い御用もしているんで、何か事件が起きると、手前も聞き込みを手伝っておりやす」

「へへえ、そいつは大したもんだ」

途端に留助は感心した顔に変わった。留助は海辺大工町《うみべだいくまち》で建具屋をしている。弟子も何人かいるようだ。おかめは、独り者だった頃から通っている見世で、かれこれ二十年以上のつき合いだという。

「別に大したことじゃありやせんよ。ですが、ここの親父さんの話を聞いて、ピンと来るものがありやした。明日、さっそく旦那に知らせて、野田屋の味噌を調べることに致しやす」

「お父っつぁんの話が役に立って嬉しい。きっとお父っつぁんも喜ぶと思う」

お里は眼を輝かせた。

翌朝、伊三次は不破家を訪れた時にお里の父親の話をした。不破は俄《にわか》に色めき立ち、息子の龍之進と仲間の見習い組を使って野田屋の味噌を調べると言った。しかし、疑問は残る。人殺しに使った刃物が味噌樽の中に隠されたとしても、金気臭さを感じるほど錆《さ》びるものだろうか。事件が起きてから稲助がお白洲に引き出されるまでひと月足らずでしかない。おかめで使っていた味噌は、それよりずっと以前に注文したものだった。

だが、不破はとり敢えず、野田屋に残されていた味噌を調べることにした。野田屋は母屋の後始末をしていたが、味噌と醤油を置いている蔵には手をつけていなかった。蔵は半壊し、水も被《かぶ》っていたので、保管していた味噌や醤油は、もはや売り物にできないが、まだ、そのままにされていた。いずれは野田屋の親戚連中が始末をつけるだろう。その前に調べることができるのは幸いだと不破は思っていた。

間もなく、不破は番頭の田助を立ち合わせ、野田屋の味噌の調べに入った。結果、中から出刃包丁が二挺現れたが、それは昨日今日、放り込まれたものとは思えなかった。野田屋に対して何んらかの悪意を持っている者の仕業らしい。その者こそ、真の下手人と言っても過言ではなかった。だが、吟味方は、いとも簡単にその出刃包丁を味噌樽に隠したのは稲助だと言って譲らなかった。真相はまだ、藪の中だった。

伊三次はそれからも稲助の無実を証明する手懸かりを摑むべく、稲助の周辺を当たった。

二十

江戸は梅雨《つゆ》に入り、伊三次も連日の雨に悩まされていた。深川の丁場を廻った帰り、おかめにも立ち寄らず伊三次は永代橋を渡って八丁堀に入り、そこから京橋の梅床へ帰ろうとしていた。松幡橋《まつはたばし》の手前の松屋町《まつやちょう》まで来て、伊三次は番傘を差して歩いている松助に気づいた。

「松さん」

声を掛けると、松助は、にッと笑顔を見せ、今、帰りかと訊いた。

「ああ。この雨ですからね、歩くのも時間が掛かって、いやになりますよ。松さんは用足しですかい」

「奥様に頼まれて京橋の筆屋に注文していた筆を取りに行って来たところだ」

「奥様は手紙をよく書きなさるお人ですからね」

伊三次は訳知り顔で応えた。

「ちょうど、よかった。お前ェにちょいと話があるのよ」

「何んですか」

「立ち話も何んだ。汁粉屋《しるこや》にでも入るか」

言いながら松助は松屋町にある甘味処《かんみどころ》に伊三次を誘った。

女子供相手の見世に男二人の客は似合わないが、見世の小女は別に気にする様子もなく、奥の小上がりに二人を促《うなが》した。

「汁粉でいいか？」

腰を下ろすと、松助が訊いた。伊三次が肯《うなず》くと、十六、七の小女は、小上がりお二人さん、お汁粉二丁、とびっくりするような大声を張り上げた。見世の調度品は女子供の気を引くように、壁には美人画の絵が飾られ、窓框《まどかまち》には人形や松の盆栽《ぼんさい》が置かれていた。板場には鶯色《うぐいすいろ》の短い暖簾を巡らせてあった。小上がり以外は赤い毛氈《もうせん》を敷いた床几《しょうぎ》が幾つか並べてある。見世全体もこぎれいで感じがよかった。商家のお内儀らしい女が友人とお喋りに興じていたが、客は伊三次達の他は、そのひと組だけだった。

汁粉が来る間、松助は見世の莨盆《たばこぼん》を引き寄せ、腰の莨入れから煙管《きせる》を取り出し、一服点《つ》けた。白い煙をもわりと吐き出すと、醒《さ》めた眼で伊三次を見た。

「話って何んですか」

伊三次は松助を急《せ》かした。

「お前ェ、近頃、深川のおでん屋に通っているそうじゃねェか」

「ええ。深川の丁場を終えた頃には腹の虫が騒いで仕方がねェので、おでんを一つ二つつまんで帰っておりやす」

「深川の増《ます》さんが、やけにそのことを気にしていた」

増さんとは門前仲町《もんぜんなかちょう》界隈を縄張にする岡っ引きの増蔵のことだった。

「何が気になるんですかねえ。たかがおでん屋に通うだけで」

伊三次は呑み込めない表情で言う。

「おでん屋のおかみは二十五の行かず後家《ごけ》だそうだな」

「ええ。親父さんが病に倒れたんで、看病している内に年を喰っちまったそうですよ。お里さんは二人姉妹の長女なんで、婿を取らなきゃならねェんですが、この節、おでん屋の婿になってくれそうな男は、そうそういねェと言っておりやした」

「それでお前ェが慰めているという訳か」

「松さん、妙に引っ掛かるもの言いだ。まるでおれがお里さんと何かあるみてェに聞こえやすよ」

「違うのけェ？」

「違いやす。おれには女房と子供がおりやす。面倒臭ェことはごめんですよ」

伊三次は少し腹を立てて言った。

「あすこの常連で建具屋をしている男がいるのよ」

松助は、煙管の灰を落としながら言った。

「へい、留さんという人ですね」

「そいつが仕事で門前仲町に来た時、増さんに髪結いの伊三次って男を知っているかと訊いたそうだ。その男は増さんと前々からの顔見知りで何度か話をしたこともあったのよ。お前ェが不破の旦那の御用もしていることも知っていたようだ」

「留さんはおれのことを訊いて、どうするつもりなんですかね？」

留助の意図がわからなかった。しかし、松助は、「知れたことよ、お前ェがその行かず後家の婿になってくれそうな男かどうか打診した訳だ」と言った。

「……」

「増さんはびっくりして、あいつには女房と五歳の倅《せがれ》がいて、もう一人生まれそうだということも話したそうだ。すると、その男は女房と子供がいるとは思わなかったと、そっちもびっくりしていたとよ。お前ェ、その女の気を惹《ひ》くために独り者のふりをしたのけェ？」

松助は伊三次の眼を覗き込んで訊いた。

「そんなつもりはありやせんよ。だいたい、たまたま立ち寄ったおでん屋で、手前ェに女房子供がいて、二人目がもうすぐ生まれやす、なんて話をわざわざしますかい」

「それもそうだが……」

松助は居心地悪い表情になり、見世の板場を振り返った。汁粉はまだか、という表情だった。そこへようやく汁粉が運ばれて来た。

「ささ、喰ってくれ。お前ェ、甘いもんが好きだったな」

松助はむっつり黙った伊三次に愛想するように汁粉を勧めた。

「もう、その見世には通うなと松さんは言いたい訳ですね」

伊三次は箸を取らずに言った。

「そのほうがいいと思うぜ。何かあった時は眼も当てられねェことになる」

「何かあった時って何んですか」

「そのう、行かず後家と深間になるとかよ。男はなあ、女に言い寄られると悪い気持ちがしねェもんだ。つい、ふらふらっと傾いちまう。世間にはよくあることだ。だが、お前ェの女房は並の女じゃねェ。辰巳《たつみ》仕込みの芸者だ。女房が孕んでいる時によその女に懸想《けそう》したとなったら決して許さねェ。あっさりお前ェをお払い箱にしてしまうだろう。女房はその気になりゃ二人の餓鬼ぐらい立派に育ててやると啖呵《たんか》を切るぜ」

松助は脅《おど》すように言った。伊三次はようやく周りに心配させていると感じた。

「すんません。つまらねェ心配を掛けて」

伊三次は素直に頭を下げた。

「わかってくれたか？　ああ、よかった。増さんに説得しろと言われて、この間からどうしたらいいものかと頭を抱えていたんだ」

「増さんとは昨日会いましたが、何も言ってませんでしたよ」

「言い難いのよ。それでおれが憎まれ役となったんだ。ああ、ここの汁粉代は増さんから貰うつもりだから遠慮なく喰ってくれ」

松助は、ちゃっかりそんなことを言った。

伊三次にようやく笑顔が出て、箸を取った。

「憎まれ役と言えば、例の野田屋の手代の件はどうなりやした」

伊三次は、ふと思い出して言ってみた。野田屋の味噌樽から出刃包丁は出て来たが、さっぱり次の展開が見えていなかった。

「どうなんだろうなあ。うちの旦那は何か考えていると思うが、おれには見当もつかねェ。手代は二度目のお白洲に引き出されたそうだが、そこでも刑の沙汰はなく、お奉行様は事件当夜の手代の足取りと、他の者の証言を滔々《とうとう》と読み上げただけで終わったらしい。次のお白洲でいよいよ刑が決まるんだろう」

松助はため息交じりに応えた。

「ですが、吟味方の役人は手代に不利になるようなことばかりを並べ立てているそうじゃねェですか。その様子では、手代の死罪は避けられそうもありやせんね」

「役人がこうだと決めつけたら、はっきり言ってどうしようもねェ。野田屋の女中が下手人の後ろ姿を見ているが、最初はその手代かどうか、はっきりわからなかったと言っていた。だが、いつの間にか後ろ姿は手代のものになっていた。姉は夫婦喧嘩していたと喋っていたくせに、亭主は、いやしていないと言うようになった。手代は前々から飲み代《しろ》を姉に無心していたそうだから、亭主は厄介払いをするつもりでそう言ったのかも知れねェ。稲荷のお堂も理屈をつければどうにでもなる。どの道、あの手代の立つ瀬も浮かぶ瀬もありゃしねェよ」

さすが不破の中間をしているだけに松助は詳しいことまで知っている。

「旦那はそうなったら、悔しさのあまり、どうにかなっちまいやすよ」

伊三次は不破の気持ちを慮《おもんぱか》った。

「まずな。だからって他に下手人の目星もついていねェ。万事休すだ」

松助は諦めたように言う。

「いや、あの旦那のことだ。向こうがでっち上げで来るなら、こっちもでっち上げで行くと考えるんじゃねェですか？」

伊三次は汁粉を啜り終え、茶を飲みながら言った。上品な甘みの汁粉は大層うまかった。

「ええっ？　そんなことができるのか」

松助は驚いて眼をみはった。

「旦那ならやりかねねェ。さて、どんな手を考えているものか楽しみだ」

「伊三、滅多なことは喋るな」

松助は慌てて制した。伊三次は愉快そうに、こもった笑いを洩らした。二人は甘味処の前で別れたが、一人になった伊三次に、お里の顔がぽっと浮かんだ。お里に期待を持たせてしまったようだ。もう、おかめには行かないほうがいいだろう。寂しいけれど伊三次は、そう心に決めていた。

隠密廻り同心の緑川平八郎は野田屋の探索を進める内、少し気になる情報を得ていた。京橋南の新肴町《しんさかなちょう》にある「下総屋《しもうさや》」は野田屋と同じく醤油と味噌を扱う問屋だった。その見世の主の父親と亡くなった野田屋の主の父親とはきょうだいで、主同士はいとこの間柄だった。野田屋の災難の後始末は下総屋の主が先頭に立って行ない、両親を失った二人の娘達も下総屋に身を寄せていた。それればかりでなく、難を逃れた野田屋の奉公人達も、異存がなければ下総屋で働けるよう取り計らったという。この先どうしたらよいのかと途方に暮れていた野田屋の奉公人達は、地獄に仏とはこのことだと、涙をこぼして喜んだそうだ。しかし、下総屋は野田屋に比べて、それほど繁昌している見世ではなかった。いや、昔は下総屋が本店《ほんだな》で、弟に当たる野田屋の先代が出店《でだな》（支店）として南伝馬町に見世を構えたのである。見世を構える時に屋号を野田屋にしていた。それは先代のお内儀の実家が野田屋で、やはり醤油と味噌を扱っていたが、跡継ぎがいなかったために見世を畳んでいた。

先代のお内儀は野田屋の再興を強く望んでいたので、先代の主は女房の希望を叶えて野田屋の屋号を掲《あ》げたものと思われる。

先代は本店の下総屋に負けてはならじと、吟味した材料を使い、奉公人達と一緒になって味噌と醬油造りに励んだ。やがて先代の努力が実り、徐々に客が増えて行った。そうして亡くなった野田屋の主が家業を引き継いだ頃には本店の売り上げをはるかに上回る見世となっていた。災難に遭《あ》った野田屋に同情し、下総屋があれこれと世話を焼いたのは、親戚として当然のことだったのかも知れない。二人の娘達は十二歳と十四歳で、養子を迎えるのは、まだ二、三年先になる。

しかし、野田屋の災難は下総屋には幸いしたと考える者もいた。野田屋がすぐに商売を再開できないとすれば、下総屋は野田屋の客を自分の見世で引き受けることにもなるからだ。

それは口に憚《はばか》られることなので、近所の人間もそこまでは言わなかった。だが、緑川は少し引っ掛かるものを感じた。事件の後の流れが下総屋に都合よく運ばれているような気がしてならなかった。

稲助の刑はまだ確定していなかったが、間もなく、下総屋の肝煎《きもい》りで野田屋の葬儀が執《と》り行なわれた。

下総屋の主の次右衛門《じえもん》は喪主代わりとなって弔問客の悔やみの言葉に応えていた。緑川は菩提寺《ぼだいじ》での葬儀にも顔を出し、それとなく様子を窺《うかが》ったが、緑川の眼には、やけに次右衛門が張り切っているように見えて仕方がなかった。それは気のせいだろうと、緑川は私情が交じりそうになる自分を抑《おさ》えた。

ところが、葬儀を終えると、次右衛門は野田屋の娘達を母方の伯母の家に引き取らせた。

野田屋の商売を引き継ぐ代わりに残された娘達の面倒を見るのだろうと思っていただけに、緑川は驚いた。葬儀で喪主代わりをつとめたのも、そういう意味が含まれていたはずだ。喪主代わりは、次右衛門が世間体を考えただけのことだったのか。緑川は解《げ》せない気持ちだった。すると、ぼんやりと感じていた疑問が、やけにはっきり形をなして来るような気がした。それはあくまでも憶測《おくそく》の域《いき》を出ないものだったが。

緑川が下総屋の手代にそっと話を聞くと、野田屋のお嬢さん達は下総屋にいるより、今まで何かと可愛がってくれていた伯母さんの家で暮らしたほうが倖せだろうと、次右衛門とお内儀が相談して決めたことだそうだ。そのくせ、葬儀で集まった香典は娘達に渡ったふしがない。厄介払いをしただけかと緑川は思った。それに野田屋の奉公人達も、葬儀が終わると、一人、二人と見世を離れて行った。

待遇の点で不満があったのか、それとも次右衛門は野田屋の奉公人達が辞めて行くように仕向けたのか、それは下総屋の手代にもよくわからないと言っていた。

そんなところへ、さらに驚くべき情報が持ち込まれた。稲助の取り調べに当たった吟味方同心の小栗倉之丞と都築幾太郎が新吉原に顔を出したという。それは新吉原の面番《めんばん》所《しょ》に詰めていた緑川の同僚から聞いたことだった。

面番所は大門の傍にあり、罪を犯した人間が新吉原へ逃げ込まないように、同心に見張らせるために設置している。小栗と都築が新吉原に顔を出した時は平服で、同心と思わせる恰好はしていなかった。つまり、務めではなく遊興目的であったことに察しがつく。だが、三十俵二人扶持の同心が大枚の金を遣って新吉原で遊興するなど、滅多にあることではない。と言うより、あってはならないことだ。これは誰かに饗応《きょうおう》を受けたものと緑川は即座に考えた。その饗応した相手は誰か。緑川の疑問は膨《ふく》らむ一方だった。二人に問い合わせたところで、お務め以外の時間に何をしようと勝手だと、彼らは理屈をつけるに違いない。慎重に調べを進めなければならなかった。

与力の戸田善九郎の名が挙がって来なかったのは、やはり立場上、問題があると戸田は遠慮したものだろうか。ならば、その代わりになるものを戸田は受け取っている可能性もある。

緑川からその話を聞いた不破は、大袈裟でもなく小躍《こおど》りしたい気持ちだった。

「金を出したのは下総屋だ」

不破はきっぱりと言った。

「まだ、そうとは決まっておらぬ。これから証拠を固める。小栗殿と都築殿に訊いたところで知らぬふりをされるのが落ちだ」

緑川は、はやる不破を制して言った。

「証拠固めなどいらぬ。下総屋にするのだ」

そう言った不破に、緑川は驚いた。

「おぬし、何を考えている」

「何も考えてはおらぬ。吟味方が事実をねじ曲げて稲助を死罪にするつもりなら、こっちも事実をねじ曲げるだけよ」

不破は豪気に言った。

「友之進、事件は、遊戯ではないぞ」

「わかっておる。仮に二人を饗応したのが下総屋でなくても、二人は相手の名を明かすはずがない。万一、明かして、それが別人だとしたら、これは早とちりであったと、おれは頭を掻いてやり過ごすだけだ。遊戯のつもりはないが、博打《ばくち》ではある」

「おぬし、これからどうするつもりだ」

「二人が確かに新吉原に行った事実を突き留めればそれでよい。面番所の同心がそうだと言っても奴らは白を切る。引手《ひきて》茶屋《ぢやや》に探りを入れ、日付と登楼《とうろう》した見世を確かめる。それだけで十分だ」

「おぬしがそこまで大胆なことをするとは思ってもいなかった」

緑川の言葉にため息が交じった。

「見直したか？」

「冗談じゃない。呆れて言葉もないだけだ」

緑川はそれ以上、不破を止めなかった。止めても素直に聞く男ではないとわかっていたからだ。しかし、小栗と都築が新吉原に登楼した日付と揚がった遊女屋を調べるのは緑川も協力せざるを得なかった。

二十一

伊三次はその頃、野田屋のお内儀の姉の家を訪れていた。野田屋の娘達を引き取った詳しい経緯《いきさつ》を聞いて来いと不破に命じられたからだ。二人の娘達にとって伯母に当たるおりつは本所の林町《はやしちょう》で「富屋《とみや》」という屋号の小間物屋を営んでいた。

おりつは亭主を早くに亡くし、それから小間物商売をしながら一人娘のおくにを育てた。

おくには婿を迎え、亭主とともに両国広小路の床見世《とこみせ》（住まいのつかない店）で同じ商売をしている。最初は娘夫婦と同居していたが、何しろ狭い家だったので、三年ほど前から娘夫婦は広小路に近い横山町《よこやまちょう》に家を借りて住んでいた。だが、林町の見世の仕入れは娘の亭主が引き受けており、娘も三日に一度は林町に顔を出していたので、おりつは別に不足を覚えることもなく毎日を暮らしていた。

野田屋のお内儀は度々、富屋に顔を出し、その娘達もおりつを慕っていた。これまで何度も泊まり掛けで遊びに来ていたという。

事件が起きた夜も二人の娘達は林町に泊まって難を逃れた。それが不幸中の幸いだったと、おりつは涙ながらに伊三次に語った。しかし、下総屋の話になると、途端に表情が険《けわ》しくなり、あんな薄情な男はいないと憤った声になった。妹夫婦を殺したのは下総屋だとまで言った。

「お内儀さん、そいつは口に出さねェほうがいいですよ。向こうに聞こえたら只では済みやせんよ」

伊三次は、やんわりとおりつをいなした。

五十を過ぎて、さほど裕福な暮らしをしているとは思えないおりつに、野田屋の娘達を押しつけた下総屋は確かに薄情だとは思っていたが。

「聞こえたって構うものか。野田屋の客を独り占めにし、恐らく南伝馬町の地所だって自分のものにする魂胆なんだ。ところが向こうは野田屋の弔《とむら》いを立派に出してやったんだから、文句を言われる筋合いはないと大いばりだ。呆れてものが言えませんよ」

「下総屋さんは、お嬢さん達が嫁に行くまで面倒を見るつもりはなかったんですかい？」

「最初はあたしもそう思っていたんですよ。だが、最初《はな》っから、あの男にそんなつもりはなかったんですよ。野田屋の弔いを仕切って、これからは自分が商売を引き継ぐと、弔い客に知らせたかっただけなんですよ。とんだお披露目《ひろめ》だ」

「しかし、お内儀さんがこれからお嬢さん達の面倒を見るというのも大変なことですよ」

伊三次は気の毒になって言った。

「下総屋が面倒を見ないと言うんじゃ、仕方がありませんよ。放り出す訳にも行きませんからね。あたしは腹を括《くく》りましたよ。あの子達を立派に嫁に出すまでがんばるつもり。幸い、娘夫婦も賛成してくれましたしね。でも、これからは野田屋にいた時のように呑気にできないんだからねと、あの子達には釘を刺しているんですよ。掃除、洗濯、ごはんの仕度をおいおいに仕込んで行きますよ」

「お内儀さんにそうおっしゃっていただけると、手前も安心致しやす」

伊三次は笑顔で言った。

「赤の他人の娘達を心配していたのかえ」

おりつは感激した表情になった。

「そりゃ、心配しますよ。お嬢さん達には何んの罪もないんですから。手前からもよろしくお願い致しやす」

「ありがとよ。髪結いさんにそう言われると嬉しくて泣けて来るよ」

おりつは、しゅんと洟《はな》を啜った。それから改まった表情で、ここだけの話なんだけどね、と続けた。

「半年ほど前、妹があたしの所に来て、預かってほしいと、少し纏《まと》まったお金を置いて行ったんですよ。万一、何かあった時には遣っておくれってね」

「……」

妹とはむろん、野田屋のお内儀のことだった。

「今考えると、妹は何か胸騒ぎを覚えていたんでしょうね。贅沢しなけりゃ、そのお金であの子達を一人前にできるはずですよ」

「世の中にゃ、そんなこともあるんですねえ」

伊三次は心底驚いた。虫の知らせということか。

「だから、これからのことはあんたが心配しなくても大丈夫だよ」

おりつは伊三次を安心させるように笑顔で言った。

「ところで、下手人として捕まった稲助という手代のことなんですが、お内儀さんはご存じですかい」

「さあ、あたしは野田屋の奉公人のことはよく知らないんですよ。ここの商売があるので、向こうに出かけたのも一度か二度ぐらいのものですから。でも、本当にその手代が妹夫婦を殺して火を点けたんでしょうか」

「稲助は、自分はやっていないと言っておりやす。まだ調べている途中で手前もそいつが下手人とは、はっきりわかっておりやせん。色々、腑《ふ》に落ちねぇことも出て来ていますし」

「腑に落ちないこととは？」

「野田屋の蔵の中の味噌に出刃包丁が入れられておりやした。稲助が殺しを働いた後にその中へ隠したとも考えられやすが、それにしては、かなり錆が上がっておりやした。それは事件の起きる前から入っていたような気がするんですよ。出刃包丁てのは、ひと月足らずの間にそんなに錆びるもんでしょうかね」

「さあ、それはよくわからないよ。味噌には塩が入っているから、錆びないってことはないだろうが、ひと月ぐらいなら、洗って研げば、また使えると思うけどね」

「ところが、出て来た出刃は真っ赤に錆び上がり、出刃の体裁も留《とど》めておりやせんでした。これは、あらかじめ錆び上がった出刃を誰かが味噌樽の中に入れたとも考えられやすが、奉行所の役人は、それを入れたのは稲助だと言っておりやす。このままでは稲助の死罪は避けられそうもありやせん」

伊三次がそう言った途端、奥の部屋から、稲どんはそんなことしない、と甲走《かんばし》った声が聞こえた。野田屋の娘達は茶の間から襖《ふすま》を隔《へだ》てた奥の部屋で、じっと伊三次とおりつの話を聞いていたらしい。

「これ、話があるなら、出て来てご挨拶をおし。いきなり高い声を上げて、びっくりするじゃないか」

おりつがそう言うと、二人の娘達がおずおずと出て来て、伊三次に三つ指を突いて挨拶した。上の娘は泣きやんだ後のように濡れた眼をしていて、妹は勝気そうな表情をしている。声を上げたのはどうやら妹のようだ。二人はおりつの娘のお下がりらしい着物を着て、赤い前垂れを締めていた。小間物屋の手伝いをするにはふさわしい恰好だった。

「手前は髪結いの伊三次と申しやす。実は八丁堀の旦那の御用も手伝っておりやして、野田屋のことについても、色々調べているところです。お嬢さん達が何かご存じでしたら、手前に教えていただけやせんかい」

そう言うと、二人は顔を見合わせ、肯いた。

「稲どんは、お酒にだらしがないところがあったけれど、仕事は真面目で、何より野田屋の味噌と醬油が、だいだい大好きでした」

姉のおかなはそう言った。

「だいだい大好きですかい」

おかなの言葉を鸚鵡《おうむ》返しにして、伊三次は、ふっと笑った。

「そんな稲どんが、いやがらせで味噌樽に出刃包丁を入れるなんて考えられません」

「ですが、旦那さんとお内儀さんには酒のことで、しょっちゅう叱られていたんじゃねェですかい。それを恨みに思っていたとは考えられやせんかい」

「違う！」

妹のおりきが小鼻を膨らませて否定した。

「稲どんはうちのお父っつぁんとおっ母さんを実の親のように思っていたのよ。たまに叱られることもあったけど、あたし達にはお小言を喰らっちまった、これからは少し気をつけなきゃな、なんて言っていた。気をつけたためしはないんだけど」

「そいじゃ、お嬢さん達は稲助が下手人じゃねェと信じているんですね」

「もちろん」

二人の言葉が重なった。

「味噌樽に出刃を仕込んだ奴の見当がつきやすかい」

伊三次は、もう少し突っ込んで訊いてみた。

「それはわかりません」

おかなはそう応えたが、おりきは、でもお姉ちゃん、下総屋の馬面《うまづら》が注文の品が足りないからって、分けて貰いに来たことがあったじゃないか、と口を挟《はさ》んだ。

「馬面ですかい？」

伊三次は怪訝そうに訊いた。

「ごめんなさい。この子、口が悪いの。顔が長い手代だったから、その人が来れば馬面、馬面って、扱《こ》き下ろすんですよ。ひどいでしょう？」

おかなは苦笑交じりに応えた。

「そいじゃ、野田屋さんは、これまでも商売上のことで下総屋さんとは何かとつき合いがあった訳ですね」

伊三次が確かめるように訊くと二人は肯いた。

「でもね、向こうは借りた品物を返したためしがないんですよ。妹は、そのことで愚痴《ぐち》をこぼしておりました。野田屋の旦那は鷹揚《おうよう》な人なので、放っておけと言ってましたけどね」

おりつはそう言って、ため息をついた。

馬面は、品物を分けて貰いに来た時、やけに長い間、蔵の中にいたそうだ。稲助が気を利かせて手伝うと言っても、一人でできるからと断ったそうだ。おりきは出刃を入れたとすれば、その時だと早口に言った。

「その馬面の名前は何んですか」

「知らない」

おりきはあっさりと言う。おかなは苦笑して、竹次《たけじ》だと思います、と代わりに応えた。

野田屋の娘達からの話でも、この事件に下総屋の影を伊三次は感じた。しかし、さほど繁昌していない見世が奉行所の与力と同心を抱き込む力があったのかとも思う。いや、下総屋が野田屋を乗っ取る魂胆をしていたとすれば、すべてのけりがついた時、三人は報酬を得るのかも知れない。伊三次はそう思った。

「お嬢さん達が、稲助が下手人ではないと思っていなさることは八丁堀の旦那に伝えておきやすよ」

伊三次は娘達を安心させるように言った。

「稲どんを助けてやって」

二人は切羽詰まった表情で伊三次に頼んだ。

期待に応えたいのは山々だが、さて、それがうまく行くかどうかは心許なかった。

およそ半刻《はんとき》（約一時間）ほど話を聞いて、伊三次は富屋を後にした。二人の娘達は外まで出て見送ってくれた。これからその娘達は野田屋にいた時とは比べものにならない切り詰めた暮らしを強いられる。可哀想でたまらなかった。だが、それを我慢して大人になれば、倖せな人生を手に入れられるかも知れない。伊三次はそれを祈らずにはいられなかった。

二十二

富屋を出ると、外は小雨が降っていた。梅雨が明けるのは、まだ少し先になりそうだ。これから八丁堀の亀島町に向かい、不破に富屋で聞いた話をあれこれ伝えなければならなかった。伊三次は林町から南へ向かい、小名木川《おなぎがわ》に架《か》かる高橋《たかはし》を渡り、海辺大工町に入った。永代橋を渡るには、そこから大川に向かうほうが早い。だが、清住町の前を通らなければならない。伊三次はつかの間、躊躇した。

万一、お里に出くわしたら、無沙汰の理由をうまく言えそうになかった。もう十日もおかめに立ち寄っていなかった。

しかし、遠回りして帰るほど時間はなかった。伊三次は決心して西に足を向けた。清住町も小雨に煙っていた。通り過ぎる者もあまりいなかった。寂しいような心細いような気分は、お里の気持ちが伊三次に伝わったせいだろうか。お里は留助から自分の事情を聞いたはずだ。あいつには女房子供がいるから、お里ちゃん、悪いことは言わねェ、諦めたほうがいい、と。お里は無理に笑顔を拵《こしら》えて、留さん、気の回し過ぎだよ、あたし、伊三次さんのことなんて、何んとも思っていないのよ、と応えていることだろう。別に伊三次は、お里を騙《だま》した訳ではないが、後ろめたい気持ちがしていた。正直に言えば、伊三次もお里を憎からず思っていた。お文と一緒になってから、他の女にそういう気持ちは持ったことがなかった。家族と離ればなれで暮らしていた伊三次にとって、お里は心にぽっと灯《とも》った光のようだった。だから、いそいそとおかめに通っていたのだ。だが、現実は、いつまでも夢のような時間を与えてはくれない。そろそろ潮時だったのかも知れない。伊三次はそんなことを、つらつら考えながら雨に濡れそぼった通りを歩いた。

仙台堀《せんだいぼり》に架《か》かる上《うえ》ノ橋《はし》を渡ろうとした時、薄紅色の蛇《じゃ》の目傘《めがさ》を差した女とすれ違った。すれ違った途端、女は「あらっ」と短い声を上げた。その声を聞いて、伊三次の胸もどきりと音を立てた。お里が傘の陰から伊三次を見上げていた。間《ま》の悪さに伊三次は舌打ちしたい気持ちだった。

「お仕事の帰りですか」

お里はそう訊いた。どこかよそよそしい表情に見える。

「さいです。本所の林町まで行った帰りでさァ」

「お忙しそうですね」

お里の言葉に少し皮肉なものが感じられた。

「へい。野暮用ばかりが増えてばたばたしておりやした」

「今日は寄って下さらないんですか。ちょっと伊三次さんに話があったんですけど」

「そのう、留さんがお節介を焼いたことなんだけど」

「何んの話ですか」

「そいつは聞いておりやした。留さんは深川の岡っ引きの親分におれのことを訊《たず》ねて、それでおれに女房と子供がいることがわかったという話でげしょう?」

「簡単に言えばそうなるかしら」

「別に隠していたつもりはありやせんが、深川の親分や留さんにいらない心配を掛けてしまいやした。あいすみやせん」

「ねえ、ちょっとお見世に寄って。さほど手間は取らせませんから」

お里は、やや強引に伊三次を誘った。それを断わることまでできなかった。

お里は見世に入ると、茶を淹れてくれた。

銅壺のおでんはすでに温かい湯気を上げていた。お里は鯖だしが切れたので佐賀町に買い物に行って来たと言っていた。

「何か召し上がります?」

「そいじゃ、いつものように大根とこんにゃくを」

伊三次は低い声で応える。

「留さんがそろそろ顔を見せる頃じゃねェですか」

伊三次は、ふと気になって続けた。

「ううん。留さん、急ぎ仕事が入って、泊まり込みで芝《しば》まで行っているんですよ。もう三日目になるかしら。この雨だから、今夜もあちらに泊まることになるかも知れませんね」

「さいですか。留さんがいたら、おれは怒鳴られるところでしたよ」

「どうして？」

「どうしてって、そのう、お里さんに気を持たせてしまったからですよ」

「そうだったの？」

「いえ、そんなつもりはありやせんが、留さんにはそう見えたのかも知れやせん」

「そりゃあね、二十五にもなって亭主もいなけりゃ、誰でも心配すると思うのよ。でも、こればかりは自分でもどうしようもないことですよ。病のお父っつぁんを抱えておでん屋をしている年増に、誰が好きこのんでお婿さんになってくれるものですか」

お里は自嘲気味に言う。

「そんなことはねェ。いつかお里さんを気に入ってくれる人がきっと現れるはずですよ」

「お愛想は言わないで。あたし、もう諦めているの。伊三次さんとどうにかなりたいなんて、あたし、これっぽっちも思っていなかった。あたし、それを言いたかったの」

「お里さんの気持ちはわかりやした。あいすみやせん」

「謝《あやま》らないで。謝られるとなおさら自分が惨《みじ》めになる」

お里はそう言って思わずこぼれた涙を拭《ぬぐ》った。

「ですがお里さんは、病の親父さんがいても構わないと、婿に入ってくれる人が現れたら、その気になるんでげしょう？」

「さあ、どうかしら」

お里は素直に応えず、そっぽを向いた。

「そういう男がある日、この見世にやって来て、胸の内を明かすのをお里さんは何年も待っていた訳ですよね。妹さんがそうだったように」

「わかったようなことは言わないで」

お里は伊三次を睨んだ。今までのお里とは別人のような激しさが感じられた。

「ただ見世で待っているだけじゃ、何も始まりやせんぜ。本当にこの先のことを考えているんでしたら、留さんでも親父さんの知り合いにでも縁談を頼むことですよ」

「今さらそんなこと……」

できる訳がないと、お里は及び腰だった。

「世の中は広いんですよ。きっとお里さんの望みが叶うはずだ。おれはそう思っておりやす。こいつはお愛想じゃありやせんぜ。現におれだって、独り者だったらお里さんにその気になったかも知れやせんからね」

「独り者じゃなくてもよかったのに……」

お里は掠《かす》れた声でようやく言った。

「そういう考えはよくねェ。おれがお里さんと深間になったら、女房と子供が悲しむ。そいつはできねェ相談というものですよ」

「伊三次さんは真面目なのね」

「真面目じゃなくて、世の中の道理はそういうもんです。いいですかい、気をしっかり持っておくんなせェ。寂しいからって、手っ取り早く、眼についた客に縋《すが》るのは感心しねェことですよ」

「ひどいことを言うのね。それが伊三次さんの本心だったのね」

「長年、八丁堀の旦那の御用を手伝っている内、おれも少しは世の中のことがわかって来たんですよ。罪を犯す人間はどこか心に弱さがあるもんです。その弱さを堪《こら》えて生きて行くのがまっとうな人間の道でさァ」

「あたしは罪人じゃない！」

お里は高い声を上げた。伊三次は、ふっと笑顔になった。

「それだけ意地があるんなら、お里さんは大丈夫だ。おれも安心しましたよ」

伊三次はおでんを食べ終えると、二十文を飯台に置いた。

「今日のお代はいらない」

お里は、ぶっきらぼうに言った。

「商売人がそういう了簡をしちゃいけねェよ。また寄らせていただきやす」

伊三次はこくりと頭を下げて腰を上げた。

お里は見送りもしなかった。胸のつかえは下りたが、すっきりしない気分だった。外はまだ小雨が降っていた。あのままおかめに通い続けていたら、もしかして増蔵や松助が心配するようなことになったかも知れない。危ないところだったと改めて思う。不破の家に行く前に前田へ顔を出し、息子の伊与太の顔を見たいと思った。伊与太の無邪気な笑顔が伊三次の傾いた気持ちを直してくれるはずだ。

結局自分は浮気ができない男なのだと伊三次は思う。一時の感情に流されて女房以外の女に引かれる男は多い。それが女房に知れて修羅場《しゅらば》になる話もよく聞くことだ。悪くすれば切った張ったの刃傷沙汰《にんじょうざた》にもなる。多分、伊三次は、そのような関係になった後の自分が想像できたのだ。潮時だ。伊三次は再びその言葉を胸に呟《つぶや》いた。


不破友之進《とものしん》は奉行所を退出してから、普段着の恰好で北島町《きたじまちょう》にある妹のよし乃《の》の家を訪れた。よし乃の連れ合いは不破と同じ北町奉行所で吟味方与力を務めていた。よし乃は同心の家から家格が上の与力の家に嫁いだのだ。

よし乃の連れ合いの庵原采女《いおりはらうねめ》は不破より五つほど年上だから、四十半ばになるだろう。

庵原は不破にとって年上の義弟ということになる。庵原は、奉行所では厳しい表情をしているが、家に戻れば、すっかりよし乃の尻に敷かれている男だった。よし乃はしっかり者の女なので、抜かりなく家の中を束ねていた。庵原が少しでも口を挟もうものなら、お前様が心配なさらずとも結構でございます、余計なことをおっしゃいますな、と取りつく島もなかった。実際、よし乃の采配《さいはい》に間違いはないのだが、一家の長《ちょう》としてはおもしろくないらしい。不破は度々、この庵原から妹の愚痴を聞かされていた。おれの言うことを少しも聞かぬおなごだと。不破は苦笑を堪えるのが容易でなかった。よし乃殿をわが妻にと、亀島町の組屋敷に毎日のように通って来た男である。よし乃は最初、庵原のことを全く相手にしていなかった。しかし、父親の角太夫《かくだゆう》は、同心の娘が与力の妻になるのは大いなる出世だ、よし乃、了簡して言う通りにしてやれ、なあに、亭主になれば男なんてものは皆同じだ、と諭《さと》し、よし乃は渋々、従ったのである。

嫁いでみれば、庵原家は奉公人の躾《しつけ》もおざなりで、家の中は片づいておらず、畳は赤茶け、襖や障子が破れていてもそのままにされていた。おまけに丼《どんぶり》勘定で暮らしていた家計は火の車だった。祝言が行なわれた大広間と若夫婦が寝泊まりする部屋だけ、辛うじて手を入れただけだった。

よし乃は眉を吊り上げて、嫁いだ早々から家の中の補修に追われた。

「よし乃さん、そう張り切らずに、まあ、お茶でも飲んで、ゆっくりなされませ」

御殿《ごてん》奉公をしたことのある姑は、自分では何もしない女だった。使っていた蒲団の綿がはみ出ていても頓着《とんちゃく》する様子がなかった。よく言えば鷹揚、悪く言えばぞんざいな家族だった。

庵原家が与力の家として恥ずかしくない体裁《ていさい》を保っているのは、実によし乃の力にほかならない。今さら庵原に愚痴をこぼされても仕方がないことである。庵原自身もよし乃のすることを黙って見ていただけなのだ。

よし乃は舅、姑を看取《みと》り、四人の子供の養育にも抜かりがなかった。十八歳の長男の靭負《ゆきえ》は与力見習いとして奉行所に出仕しており、長女は与力の家、次女は幕府の奥医師の家に嫁がせ、残っているのは十四歳になる三女だけだった。

中間の松助に訪問の旨《むね》を事前に知らせてあった。不破が庵原家を訪れた時、よし乃は満面の笑みで兄を迎えた。

「お兄様がわが家においでになるのは何年ぶりでしょうか」

「そんなになるかの」

「そうですよ。いつもいなみさんに何事も任せっ放しで」

「それはお互い様だろう。采女殿もお前に任せっ放しだからの」

「そうそう。その通りですよ。お務め向きのことで、うちの旦那様にお話があっていらしたのですね」

よし乃は心得顔で訊く。よし乃は年を取るほど死んだ母親に似て来た。不破は懐かしい思いで妹の顔を眺め、采女殿のお知恵を、ちと拝借したくてな、と応えた。

「嬉しい。うちの旦那様がお兄様のお役に立てるなんて。ささ、まずはお上がりなされませ。お肴《さかな》は何もございませんが、ご酒《しゅ》など召し上がっていただきましょうか」

よし乃はそう言って、客間に案内した。

客間に入って行くと、庵原は、おう、待っていたぞ、と気軽な口を利いた。生まれながらの縮れ毛で、揉《も》み上《あ》げの毛も逆立っている。

朝はそれほどでもないが、夕方まで保《も》たなかった。丸顔は愛嬌があると言えなくもないが、男前にはほど遠い。よし乃は娘時代、庵原のことを、醜男《ぶおとこ》をもじってぶお殿と陰口を叩いていた。

そんなぶお殿も仕事は真面目で、不破は信頼を置いていた。よし乃と女中が膳を運んで来て、ささやかな酒宴が始まった。最初はよし乃も傍《そば》にいたが、しばらくすると座を外した。すると庵原は真顔になり、さて、話を聞こうかと、不破を促した。

「うむ」

不破は猪口《ちょこ》の酒をくっと喉に流し入れ、戸田善九郎と部下の同心の小栗倉之丞、都築幾太郎の名を出し、野田屋の事件で腑に落ちないことがあると打ち明けた。もちろん、下総屋のことも忘れず言い添えた。

「はあ……」

庵原はため息とも嘆息ともつかない声を洩らした。

「野田屋の手代の稲助を死罪にすれば、彼らはすべて片がつくと考えておる。拙者はそれが承服できぬ」

不破は、やや憤った声になった。

「与力、同心と申しても聖人君子とは行かぬものだからのう。恐らく、下総屋が野田屋の財産をすべて手にした時は、何らかのおこぼれをいただく魂胆なのかも知れぬ。だが、それまで待てぬ小栗と都築が新吉原の遊興をおねだりしたものか。事実とすればあさましい話だ」

庵原は不愉快そうに顔をしかめた。

「それで拙者は一計を案じた」

不破は前々から考えていたことを義弟に打ち明けた。小栗と都築を新吉原で饗応したのを下総屋だと断定し、稲助の無実を晴らすことだった。庵原は驚き、まことに友之進殿らしい大胆な考えであると感心したが、すぐに、それはちとまずい、と難色を示した。

「なぜでござるか。下総屋はいとこに当たる野田屋の繁昌に悋気《りんき》（嫉妬）し、主夫婦、奉公人を殺して火を放ち、あまつさえ野田屋の財産を独り占めする魂胆でござる。断じて許す訳には参りませぬ」

「友之進殿、憶測でものを言ってはならぬ。下総屋の疑わしき点はともかく、調べに当たった戸田殿と配下の小栗、都築は奉行所の役人でござる。この件が公《おおやけ》にされ、市中に噂が拡まっては奉行所の威信《いしん》に関わることだ」

庵原は当然と言えば当然のことを言った。

「しかし……」

「手代の稲助の無実が晴れぬとおっしゃりたいのですな」

「むろん」

「だからと言って無理やり下総屋の仕業にするのはいかがなものかと拙者は考えまする。穿《うが》った考えではありますが、拙者は手代の無実より、奉行所の威信が損《そこ》なわれることを重く考えまする」

「……」

やはり庵原も、長いものには巻かれろの主義なのかと、不破は意気消沈した。

「したが、手立てがない訳ではござらん」

庵原は不破に酌をしながら上目遣いになった。

「手立てとは？」

「疑わしき点が多々ござるので、ひとまず振り出しに戻って事件を調べ直そうと、拙者、戸田殿と他の与力衆に提案致しまする」

「それでどうなるのでござるか」

「早い話、野田屋の一件から戸田殿と配下の同心を外します。彼らが異を唱えたら、そこで拙者は新吉原で遊興する金を出したのは下総屋だと考える者もいると、はっきり申し上げるつもりでござる。小栗と都築が言い訳したところで通用しない。そもそも奉行所の同心が新吉原で遊興することそのものが不届き千万なことだ。戸田殿も恐らく何も言うまい」

「采女殿は正攻法で行くとおっしゃりたいのですな」

「それが一番よい方法です。その後の取り調べは拙者が引き受けることになるやも知れぬ。面倒ではあるが友之進殿のたっての頼みならばやむを得ん」

「恩に着ます」

　不破は畏《かしこ》まって頭を下げた。

「下総屋の動きには抜かりなく眼を光らせる所存ゆえ、ご心配なく。もしも、下総屋が拙者と部下の同心に饗応を申し出た時は、それで決まりでしょうな」

　庵原は、あっさりと言い、ふっと笑った。

「畏れ入りました」

　不破は礼を述べた。野田屋の話はそれで仕舞いとなり、それから義理のきょうだいは、なかよく酒を酌《く》み交《か》わしたのだった。

その後、事件は急展開した。庵原は下総屋の手代をしょっ引《ぴ》き、野田屋の味噌に錆びた出刃包丁を仕込んだことを白状させた。

二十三

当初はそれにより、下総屋は野田屋の評判が落ちることを期待したようだが、敏感に味の変化に気づく者は、そうはいなかった。下総屋は品物の不足を補うために時々、野田屋から品物を取り寄せていたが、代金が支払われたことはなかった。野田屋の主は、向こうも商売が大変なのだと鷹揚に構えていたが、竹次が錆びた出刃包丁を仕込んだ後に、下総屋の主の次右衛門が、近頃、お宅の味噌の味がおかしいと文句を言ったことから、野田屋の主も堪忍袋の緒が切れて、そういうことなら今後一切、品物を融通しないと次右衛門に宣言した。

それで次右衛門の怒りに火が点いたようだ。

もともと本店だった下総屋を差し置いて、得意客を増やしているのは許せぬ、目に物見せてくれると、安い居酒見世でたむろしていた怪しげな連中に声を掛け、金を摑ませて野田屋の殺しと放火を依頼したのだ。

稲助が捕縛されたのは、たまたま運が悪かったと言うほかはなかった。しかし、小栗と都築は下総屋にも疑惑の眼を向けていた。

下総屋を訪れて次右衛門に話を聞く内、次右衛門は野田屋の仕打ちを大袈裟に訴え、こうなっては野田屋の後始末も自分がするしかない、自分までお縄になっては、江戸の味噌と醬油の相場も崩れかねないとまで言った。

それで小栗と都築が納得した訳でもないだろうが、稲助が下手人として挙がっている以上、そのまま奉行の裁きがあれば稲便に済むと考え、稲助の容疑を固める仕儀となったらしい。新吉原の遊興は二人が望んだことでなく、次右衛門が先回りして言い出したことだった。

庵原は事件の概要をおおよそ摑むことはできたが、次右衛門が殺しと放火を依頼した男達を見つけることはできなかった。これにより次右衛門は死罪を免れ、遠島《えんとう》の沙汰となったが、下総屋は事実上、商売を畳まなければならなかった。野田屋の地所と財産は、おかなとおりきの二人の娘が祝言を挙げる時まで町預けとなって管理されることになった。

稲助は解き放ちになったが、間もなく、南伝馬町の町役人の世話で大伝馬町の味噌屋に奉公することになったという。命拾いした稲助は、この機会にきっぱり酒をやめると庵原に言ったそうだ。

富屋に身を寄せていたおかなとおりきは稲助の解き放ちを聞くと、涙をこぼして喜び、娘達の行く末を案じていた伯母のおりつも大いに安堵した様子だった。

梅雨が明け、江戸は油照りの夏になった。

月代《さかやき》を焦《こ》がす強い陽射《ひざ》しに往生しながら伊三次はその夏も廻り髪結いの仕事と不破の御用を手伝っていた。

もうおかめに通うこともなくなった。そろそろ親子三人で暮らす家を見つけなければならなかった。いや、親子三人ではなく、もうすぐ四人になるのだ。

お文に金の心配はしなくていいから、早く家を見つけておくれと言われ、佐内町《さないちよう》の箸《はし》屋《や》「翁屋《おきなや》」の持ち物だった八丁堀の玉子屋《たまごや》新道《しんみち》の家を借りた。その年は自分でも驚くほどめまぐるしい変化があった。人の一生にはそういうこともよくあることなのだろうか。伊三次は誰かに訊きたかった。だが、訊いてみたところで納得できるような答えは得られないだろうとも思う。伊三次の周りにいる年寄りなどは、自分ほど苦労した者はいないだろうと得意そうに言う。自分の一生は読本《よみほん》にできるほどだそうだ。貧しい家に生まれ、食べる物も満足に与えられず、十歳頃になると口減らしのために奉公に出された。そこでは主に昼夜の区別なく扱《こ》き使われ、兄貴分の奉公人には苛《いじ》められた。その頃は涙の乾く隙もなかったそうだ。ようやく一人前になり、晴れて女房と所帯を持ったが、次々と生まれる子供達を干乾《ひぼ》しにさせないために、またしても辛い仕事を続けなければならなかった。なぜかそこに、悪い人間や親戚、知人に騙されて借金を背負う話が加わるのはどうしたことだろう。あるいは親の僅《わず》かな財産のことで、きょうだい喧嘩が起き、以後、つき合いを断っている者も多い。

伊三次も人並以上に苦労して来たと思っていたが、そんな年寄りの話を聞くと、自分の苦労なんて大したことではなかったのだと感じた。生きて行くということには苦労がつきまとうものだと、今では了簡している。

幸い、伊三次の親は子供に残す財産を持てずに一生を終えたので、そのことで姉と喧嘩になることはなかった。もしも土地なり、家なりがあったら、姉はともかく連れ合いの十兵衛が黙っておらず、自分の所にも取り分を寄こせと言うはずだ。

この世の人間は少しでも損をすることが我慢できないらしい。この世は金、金、金なのか。伊三次は反発を覚える。だから、意地になって、この世は金じゃないと言えば、金もろくに持っていないお前が言うな、とせせら笑われる。

本当に金がすべての世の中なら、忙しい思いをしてまで姉の連れ合いが営む梅床を手伝いたくないし、不破の小者の仕事も正直、引き受けたくはない。だが、世の中は、それでは済まないのだ。

義理と人情が金絡みの世の中を僅かでも救っていると思う。そうして、ありがたいことに、世の中、金だけではないことを教えてくれる人生の先輩も伊三次の周りにはいる。

いや、捕縛した下手人、咎人《とがにん》の中にさえ、それを感じることが多々あった。だから小者の仕事はやめられないと言ったら大袈裟だろうか。

いずれにしても、伊三次は不惑を迎え、これまでの人生を振り返ると、苦労したことより、恵まれていた、運がよかったと思えるのだ。だから、自分の子供達にも生きて行くことは苦労がつきまとうもので、その苦労は後で考えると、大したことでもないのだと教えたかった。

お文は玉子屋新道の家に引っ越すと台所をしてくれる女中を雇い、芸者稼業を再開した。お文も火事に遭ってから辛い思いをしたことだろうが、辛いだの、悲しいだのは口にしない女なので、伊三次は、気持ちの上でも助かっていた。家族が離ればなれで暮らしていた時期にお文は実の父親と再会し、その父親から過分な援助を受けた。

捨てる神あれば、拾う神ありさ、とお文は屈託なく笑う。全くだ、と伊三次も相槌《あいづち》を打ったが、その援助がなければ、またどうなっていたかわからない。肝腎なことは苦難に直面しても焦《あせ》らないこと、騒がないことである。

徒《いたずら》に嘆き悲しむだけでは何も始まらないのだ。

玉子屋新道の暮らしが一年ほど経ち、ようやく近所ともなじんで来たある夜、お文は早めにお座敷がお開きになったと言って、いつもより半刻《はんとき》（約一時間）ほど前に帰宅した。

着替えを終えると、お文は長火鉢の前に座り、茶を淹れた。二人の子供達もようやく床に就《つ》き、伊三次は翌日のために道具の手入れをしていた。

「今日は忙しかったかえ」

お文は伊三次に茶の入った湯呑を差し出して仕事の首尾をさり気なく訊いた。

「まあまあだな。深川の丁場に行く日は、どうしても道中に時間が掛かるしな」

「梅床の義兄《にい》さんの所にいた頃は、深川の廻りをすることに文句を言われなかったのかえ」

「毎度文句を言われていたさ」

「そうだろうね」

「九兵衛が代わりにがんばってくれたから助かったよ」

「いい弟子が傍にいてよかったこと」

「ああ」

「仕事を終えた夜は何をしていたのだえ」

「え？」

伊三次は手を止めて怪訝そうにお文を見た。

伊三次と同い年のお文は、商売柄、それほど年を喰っているようには見えない。太りも痩せもせず、二十代の頃と目方は変わっていないだろう。それを言うと、とんでもない、腰回りに妙な肉がついて来たし、皺《しわ》も増えたと嘆息するが。

「不破の旦那の御用に相変わらず追われていたのかえ」

お文が何を訊きたいのか伊三次にはわからなかった。もしやお里のことが耳に入っていたのだろうかと思うと、胸がひやりとした。

「旦那の御用ばかりとは限らねェ。仕舞い湯に行ったり、色々、することもあったわな」

「わっちが伊与太と前田に行った頃は、まめに顔を出してくれたじゃないか。それが、ぴたりと途絶えたものだから、伊与太は、お父っつぁんはどこか遠くに行ったのかと訊いていたんだよ。わっちは、あれこれ言うのが面倒で、ああ、そうかも知れないねえと応えていたのさ。すると伊与太は、お父っつぁんは月に行ったのかと、突飛なことを言い出してね」

「月だって？　何んでまた」

伊与太がどうしてそんなことを言ったのか、見当もつかなかった。

「あの頃は、やけに月に拘《こだわ》っていたのさ。月が満ち欠けするのも不思議だったらしい。前田のお内儀さんが退屈凌《しの》ぎにお伽話《とぎばなし》を読み聞かせていたせいもあったんだろう」

「かぐや姫の話か」

「そうかも知れない。伊与太は、その気になれば、人は月にでも行けると思ったんだろう」

「そいじゃ、この家におれがいるのはどういう理屈になるのよ」

「月に行って戻って来たと思っているんだろう」

お文がそう言うと、伊三次は鼻を鳴らして苦笑した。

「海野のご隠居様にも月は誰のものかと訊いていたそうだ」

「へえ。子供は妙なことを訊くもんだな」

「月は誰のものでもないとご隠居様が応えると、自分のものにしていいかと言ったそうだ」

「結構、欲深な奴だなあ」

「誰のものでもないのなら、自分のものにしていいと思ったんだろう。ご隠居様は伊与太を不憫がって、たくさんおもちゃを届けて下すったのさ」

「いい爺さんだ」

「ああ。ありがたかったよ。わっちは着物と帯を頂戴した」

「おまけに大枚の金もな。そのお蔭でこの家に引っ越しすることができた」

「その通りだよ。火事に遭った時は、これで何も彼もお仕舞いだと、心底がっかりしたものだが、実のてて親に会えたし、周りの人にも口では言えないほど情けを受けたよ。

時々、あの火事は神さんがわっちを試したものかとも考えるんだよ」

「試した？」

「ああ。どうだ、お文、これでお前はどん底だ、様《ざま》ァ見やがれ。手前ェの不幸に泣き、喚《わめ》くがいいってね。だが、わっちは泣いてる暇もなかった。目の前に片づけなければならないことが山のようにあったからね。今に見ていろって意地もあった。すると神さんは感心して、その後にご褒美《ほうび》を下さったのさ。わっちはそう思っているよ」

「お前ェと伊与太は似た者同士だな。よくもそんな能天気なことが考えられるもんだ」

伊三次は呆れ顔で言った。

「だからさ、お前さんにも、きっといいことのひとつぐらいはあったんじゃないかと思っていたんだよ」

お文は上目遣いで伊三次を見る。

「いいことか……あったような、なかったような」

その時、おかめのお里の顔がぽっと脳裏に浮かんでいた。

「優しくしてくれた人はいたかえ」

伊三次はつかの間、ぎょっとして、平静を装うのが容易でなかった。

「ばか言ってんじゃねェ。おれは普段の二倍も三倍も稼いでいたというのに」

伊三次は吐き捨てるように言った。

「別に女ができたのかって訊いた訳でもなし、おかしな人だよう」

お文は愉快そうな笑い声を立てた。

こいつは何か知っている。伊三次は確かにそう思った。松助が言ったように、もしもお里と深間になったら、お文がどんな態度に出るか知れたものではなかった。危ないところだったと改めて思う。

「まあね、わっちのことはともかく、お前さんは二人の子供を放り出すような人じゃないとわかっていたから、その点は心配していなかったけどね」

「当たり前だ」

「恩に着るよ。さて、つまらない話をしちまった。そろそろ蒲団に入ろう」

お文はそう言って腰を上げた。伊三次は思わず、その手を取った。あれ、とお文は驚いた声を上げた。

「子供達が眼を覚ます」

お文はひそめた声で伊三次を制した。

「覚まさねェよ」

伊三次はそう言って行灯《あんどん》を吹き消し、お文を押し倒した。

「罪滅ぼしかえ」

お文の言葉に伊三次は聞こえない振りをした。丸い盆のような月が夜空に昇っている夜だった。月から戻った伊三次は地上で待っていた女房を胸に抱き締めている。そんなふうに考えるのには、少々無理があったが。

二十四

不破友之進の妻のいなみは、父親が町道場を開いていた関係から、幼い頃から剣術をよくした女である。鏡心明智流《きょうしんめいちりゅう》の遣《つか》い手《て》であることも、それとなく周りに知られていた。まことに同心の妻としてふさわしいと、奉行所での評判も高い。祝儀不祝儀の義理は欠かさず、舅、姑を看取《みと》り、二人の子供を立派に育て上げた。息子の龍之進は夫の跡を継いで奉行所に上がり、ただ今は定廻り同心として江戸市中の治安を守っている。娘の茜は蝦夷松前藩《えぞまつまえはん》に女中奉公に上がっている。

立派なお子さんをお持ちで羨《うらや》ましいと、お世辞でもなく言われることが多い。だが、それはたまたま運がよかったまでのことだと、いなみは思っている。

他人は自分の前身のことで息子に背《そむ》かれていた時期があったことを知らない。また娘も、なまじ剣術の修行をさせたことで、縁談には耳を貸そうともしなかったことも。

いなみは父親の死とともに一家離散の憂き目に遭い、一時期、新吉原の小見世《こみせ》にいたこともあった。そこにいたのは一年足らずだったが、遊女であったことは紛《まぎ》れもない。

その過去が長くいなみを苦しめて来た。

その苦しみから解放されたのは、息子がようやく自分の気持ちを理解し、以前と同じように接してくれるようになってからだ。消してしまいたい過去ではあったが、その時の自分も今の自分も、同じ自分である。過去は過去と割り切らなければ生きて行けない。

いなみはそう思っている。

息子にまともな嫁は来ないだろうと、早くから諦めていた。たとい、自分と同じような境遇の娘と一緒になりたいと言われても、いなみには反対することができないし、夫も同じだろう。

息子が嫁にしたいと連れて来た娘は、武家ではなく町人だった。父親は鳶職《とび》をしていて、町火消しの御用も承《うけたまわ》っていた。その父親が火事場で命を落とすと、母親は生きる気力を失い、二人の子供を置き去りにして、どこかに行ってしまった。その後、二人の子供達は親戚を盥回《たらいまわ》しにされて育った。

ようやく弟に養子の話が持ち上がり、姉も一緒に養子先に引き取られ、まずまずひと安心と思ったのもつかの間、姉は養父に反抗したことで家を追い出されてしまった。

そういう境遇の娘に息子が同情したものかと、いなみは思っていたが、よくよく話を聞くと、それだけではないような気もして来た。

娘と同い年の嫁は、最初に息子を見た時から、ひそかに息子の妻になりたいと強く望んでいたらしい。ご縁があったのだと思うばかりである。

町人育ちの嫁に武家の妻の気概を求めるのは無理というものである。茶の湯、生け花の心得はともかく、行儀、立ち居振る舞いがなっていない。事情を知らない者は新しい女中を雇ったのかと訊く始末である。着物を裾短《すそみじか》に着付け、冬の時季以外は足袋を穿《は》かない。

細帯を貝《かい》ノ口《くち》に結び、前垂れを締めた恰好は、どこから見ても女中にしか見えないだろう。もう少しまともな恰好ができないだろうかと小言めいたことを言えば、それでは家事が思うようにできないと嫁は応える。人は人ですから、おっ姑《か》様はお気になさらずに、と屈託なく笑う。

息子もいなみの夫も、特にそのことでは何も言わない。まあ、鳶職の娘がいきなり武家の妻になったのだから、今すぐそれらしくしろと言っても無理だとわかっているが、待望の孫が生まれても、嫁は相変わらずだった。

髪結いの伊三次の弟子の父親が、大量の鯵《あじ》を届けてくれた。房総で鯵の豊漁が続き、毎日のように新場《しんば》の「魚佐《うおさ》」に届けられる。弟子の父親はその魚佐という魚問屋に勤めていた。売り物にならない小鯵を選《え》り分《わ》けていたところ、それも結構な量になり、あちこちにお裾分けして、不破の家にも届けられたという訳である。

女中のおたつは南蛮漬にしようと提案した。

干物にしても食べるところが、さほどないので、丸ごと食べられる南蛮漬がいいと言った。南蛮漬はおたつの得意料理である。水無月《みなづき》の頃に多摩川《たまがわ》の鮎《あゆ》が出回り、それを使って拵《こしら》えることもあるが、何しろ鮎は高直《こうじき》なので、お腹いっぱい食べることはできなかった。

ひとつの魚樽に鯵は優に百匹もあった。それをいなみとおたつと嫁が庭の井戸の傍で捌《さば》いた。鯵はぜいごという棘《とげ》のように固い鱗《うろこ》が尻尾のほうについている。それをこそげ取るのがひと苦労だった。ようやく、下処理が終わった時は半刻近くも経っていた。

洗って笊《ざる》に上げると、おたつは鯵にうどん粉をまぶし、それをごま油で揚げた。酢、酒、少量の醤油を混ぜたつけ汁に、揚げたそばから放り込む。最後に長葱を細く刻んだものと鷹の爪、あれば香りづけに蓼《たで》の葉を散らす。

南蛮漬は作り立てよりも一日置いたほうが味がなじんでおいしかった。

南蛮漬を拵えた翌朝、いなみは嫁に、大伝馬町に住む伯父夫婦の所にも少し持って行ってはどうかと言った。

「嬉しい。きっと伯父さんも伯母さんも大喜びしますよ。よろしいんですか」

「ええ。たまに栄一郎《えいいちろう》の顔も見せて差し上げなきゃね」

前年の末に生まれた孫は、最近、よく笑うようになった。不破家の大事な跡継ぎである。

「じゃあ、さっそくこれから行って参ります」

嫁は張り切って外出の仕度を始めた。

嫁は小振《こぶ》りの重箱に南蛮漬けを入れると、蓋《ふた》をして風呂敷で包んだ。それから前垂れを外すと孫をおぶった。

「おっ姑様、庵原様の所にもお裾分けしなくてよろしいですか」

嫁は、ふと気づいたようにいなみに訊いた。

不破の妹の家のことである。

「まだ残っているかしら」

「ええ。まだたくさんございますよ」

「少し届けて差し上げたいけれど、それでは荷物が増えて、あなたが大変でしょう」

「平気です。通り道ですから」

嫁は意に介するふうもなく、もうひとつの重箱に南蛮漬を入れて用意した。くるくると動き回り、いなみの手助けをしてくれるのが嫁の長所である。

「それでは行って参ります」

二つの重箱を提げて、嫁は勝手口から外に出た。いなみは自分も後に続いて組屋敷の外まで見送りに出た。

夏の陽射しに孫は眩《まぶ》しそうに眼をしばたたいた。暑気あたりしないだろうかと、いなみは心配だった。

「栄一郎のおつむが熱くならないかしら」

そう言うと、嫁は懐《ふところ》から手拭いを出して、頰被《ほおかぶ》りさせて下さいまし、といなみに渡した。

嫁の言う通りにしたが、頰被りした孫の顔が滑稽で、くすりと苦笑が込み上げた。

すると孫は、いなみに頭を向けた。近頃、あんま（頭）、ごっつん、と言うと、孫は自分の額を相手の額にぶつける仕種をする。おつむてんてんや、にぎにぎなどと同じ類《たぐい》のものだ。まだものが喋られない赤ん坊でも簡単な仕種は教えれば覚えてくれる。あんま、ごっつんを仕込んだのは、恐らく嫁の伯母のおさんだろう。孫はそれがお気に入りで、自分から相手に求めることも多い。

「はいはい。あんま、ごっつんね。はい、ごっつん」

いなみは希望通りにしてやった。孫はそれで気が済んだらしく、笑顔を見せた。

「それでは、おっ姑様」

嫁は目顔で肯《うなず》くと、亀島町川岸を北へ向かい、すぐに姿が見えなくなった。足の速い嫁である。

やれやれと、組屋敷の中に踵《きびす》を返し掛けた時、立ち止って頭を下げる女がいた。

夫の朋輩《ほうばい》である緑川平八郎の妻のてやだった。てやは若い女中を従え、外出して来た様子だった。いなみも頭を下げて返礼した。

「ご無沙汰致しております。不破様の皆様はお変りなくお過ごしですか」

てやは女にしては低く野太い声で訊いた。

お納戸色の絽《ろ》の着物に藍色の紗《しゃ》の帯を締め、錆朱《さびしゅ》の帯締めがよい取り合わせとなっている。

含み綿をしているようなふっくらした頬は相変わらずだった。奥二重の眼が優しい。それに色白でもある。

「昨年生まれた孫に振り回されておりますよ」

いなみは悪戯《いたずら》っぽい表情で応えた。

「結構なことじゃありませんか。孫の世話ができるだけでも長生きした甲斐がありますよ」

「さようでございますね」

そう応えたが、長生きと言うほど自分は年寄りでもないと、いなみは内心で思っていた。

「本日はお出かけでございましたか」

てやが外出着の恰好だったので、いなみはさり気なく続けた。

「ええ。嫁に行った娘が三人目の子供を産みましたので、ちょっとお祝いを届けて参りました」

てやの娘は小網町《こあみちょう》の町医者の家に嫁いでいた。三人も子供をもうけるとは夫婦仲もよいらしい。

「それはおめでとうございます」

「ありがとう存じます。先ほど赤ちゃんをおんぶしていた方はお嫁さんですか。お元気そうに歩いて行かれましたね」

「さようでございます。跳《は》ねっ返《かえ》りの嫁でございます」

謙遜《けんそん》して言ったが、半分は本音でもあった。

「うちの嫁は笑い上戸《じょうご》で困ります」

すると、てやも真顔で言う。

「まあ……」

「以前、お弔《とむら》いの席で、嫁の前に座っていた方の足袋に穴が開いていたそうで、笑いを堪《こら》えるのが大変だったと申しておりました。足袋の穴ぐらい何んですか。呆れてものも言えませんでした」

てやは大袈裟に顔をしかめた。その表情が可笑しかった。

「てやさん、お急ぎでなければ、お茶など召し上がって行きませんか。てやさんとお会いするのも久しぶりなので」

いなみは気軽に誘った。てやはつかの間、躊躇する様子を見せ、後ろに控えていた女中を振り返った。

「あたしは先に戻っておりますので、奥様はごゆるりとお話されたらいかがですか。若奥様にはそのように伝えますので」

色黒だが利口そうな表情をした女中は、そう言った。

「そうね。そうさせていただこうかしら。でも、みゆきさんには、わたくしが嫁の愚痴をこぼしていたなどと余計なことは言わないように」

てやは、ぴしりと釘を刺した。女中は苦笑しながら肯いた。みゆきは息子の嫁の名である。

「ではお言葉に甘えて」

てやは安心したようにいなみに言った。

「どうぞ、どうぞ」

女中が帰って行くと、いなみはてやを自宅に促した。

「昨日、鯵の南蛮漬を拵えましたの。お帰りに少しお持ちになりませんか」

「まあ、いなみさんの所は凝《こ》ったお料理をお作りになるのですね」

「いえいえ。たまたま知り合いが鯵をたくさん届けてくれましたもので。でも、本当に小さな鯵でお恥ずかしいのですが」

「手いらずでお夕食のお菜《さい》がいただけるのは一家の女房には何よりのことですよ。今晩、さっそくいただきます」

てやは嬉しそうに言った。

孫が傍にいなかったので、いなみも寛《くつろ》いだ気持ちでてやとのお喋りに興じた。ひとしきり世間話をした後で、てやは改まった顔になり、お宅のご主人は女のことでいなみさんを泣かせたことはないのでしょうね、と言った。突然、何を言い出すのかと、いなみは返答に窮した。

「わたくし、何も知らずに緑川の家に輿入《こしい》れしましたけれど、すっかり主人には騙されていたのですよ。主人には昔から思いを寄せていた方がおりましたの。姑に反対されて、その方と一緒になることができず、渋々、わたくしと祝言を挙げたのですよ。でも、きっぱり諦めることができず、それからも二人の仲は続いておりました」

てやはため息交じりに続ける。その話はそれとなく不破から聞いていた。確か伊三次の女房と同じで深川芸者をしていた女だった。

「一時は実家に戻ろうかと真剣に考えたものですよ。でも、わたくしの母が、夫の浮気などはしかのようなものだから、ここは辛抱しろと申しまして。でも単なる浮気ではございませんのよ。母は少しもわかっていなかったのです。まあ、嫂《あによめ》に遠慮して、わたくしが出戻れば面倒だと考えていたのかも知れませんが」

「お子達のためにてやさんはご辛抱なさったのですね」

「ええ。でも胸の内は苦しくてたまりませんでした。悩みから解放されたくて、その頃評判だったお寺に通い出したのです。念仏を唱えていれば、少しは気が落ち着いたのです。もちろん、緑川はやめろと声を荒らげてわたくしを制しました。それならお前様は深川のいい人と別れていただけるのかと訊くと、曖昧な返答しかしないのです。いなみさん、今では笑い話になりますが、わたくしは夜中に主人を懐剣でひと突きしてやろうかと思ったこともあるのですよ」

「まあ……」

「その後のことを考えると、どうしてもできませんでしたが」

「よかった。もしもそのようなことになったら、緑川様のお家は改易《かいえき》となったことでしょう。踏み留まったてやさんはご立派でしたよ」

いなみの言葉に、てやは潤んだ眼をして、顔を左右に振った。

「ちっとも立派じゃありませんよ。緑川の女に悋気しただけの醜い妻でした」

てやは自嘲的に言った。

「でも、てやさんが通っていたお寺は色々、いかがわしいことが多く、寺社奉行の手入れがある前に緑川さんとうちの主人が策《さく》を講じて何んとか収めたのではないですか」

かなり古い話なので、いなみの記憶も定かではなかった。

「ええ。主人は意地になっていたのですよ。何んとかわたくしの寺通いをやめさせようと」

「事件が解決した後は、てやさんは緑川さんに大層叱られたことでしょうね」

いなみは緑川の怒りを想像して言った。

「いいえ。何も申しませんでした。そら見たことかと、折檻《せっかん》されることも覚悟しておりましただけに、拍子抜けしたものですよ。きっと、わたくしがそのお寺を信仰していたのは、自分にも非があると思っていたからでしょう」

「きっとそうですよ」

いなみは大きく肯いた。

「それ以来、主人は少し変わったと思います。でも、よそ様のご夫婦のように打ち解けるところまでは行きませんでしたが」

「緑川さんとお相手は、まだ続いているのでしょうか」

「さあ。でも泊まって来るようなことはなくなりました。五十近くになると、身体も思うようにならないからでしょう」

てやがあまりに涼しい顔で言ったので、いなみは呆気に取られた。

「本当に主人と夫婦らしくなったのは、息子の嫁がわが家に来てからですよ」

「そうなんですか」

いなみはほっとして、ようやく笑顔になった。

「息子は、いなみさんもご存じのように、主人と瓜二つで、しょっちゅう不機嫌な顔をしておりますし、口を開けば皮肉なことばかり言って、手がつけられませんでした。反対に嫁は箸が転んでも笑う人でした。息子がうけを狙って、わざと可笑しいことを言うものですから、息子が帰宅した途端、嫁の笑い声がお玄関に響き渡りますのよ。ご近所の方からは、お宅は若奥様の笑い声が絶えないお家ですね、と言われております」

「よろしいではないですか。みゆきさんは、まことに緑川様のお家にふさわしい方ですよ」

「本当にそう思っていただけます？」

「ええ、もちろん」

いなみは大きく肯いた。

「小言を言えば切りがありませんけれど、嫁がわが家に笑いを運んで来たと思えば、ありがたくて、他は眼を瞑《つぶ》ることに致しました」

「よかった……」

いなみは胸に掌《て》を当て、安堵の表情で言った。

「ですから、いなみさんもきいさんの行き届かないところは見て見ないふりをすることですよ。いずれ、年を取れば、下《しも》の世話を掛けることになるのですから」

「そうですね」

相槌を打ったが、その時のいなみは、意地でも嫁に下の世話など掛けるものかと思っていた。先のことなど全くわからないのに。

てやは二杯の茶を飲み、鰺の南蛮漬を土産に嬉しそうに帰って行った。

十年ひと昔と人は言う。十年どころか三十年近くもいなみは不破家の人間として暮らしたことになる。実家で娘時代を過ごした年月をはるかに超えた。振り返れば恥ばかりの人生だったと思う。夫は苦界《くがい》から自分を救ってくれた恩人なのに、若い頃は心底、そう思えなかった。何が哀しくて不浄役人の妻に甘んじなければならないのかと、ぎりぎり奥歯を噛み締める日々だった。簡単に言えば、不破が心から魅《ひ》かれる男ではなかったということだろうか。では、自分はどのような男の妻になりたかったのかと考えてみることもあるが、その答えはわからなかった。恐らく、父親が無事に生きておれば、父親の勧める相手の許に嫁いだはずだ。父親は京橋のあさり河岸で町道場を開き、弟子達は土地柄、奉行所の役人も多かった。不破も父親の弟子の一人だった。道場内で紅白試合があると、不破は常に上位の成績を収めていた。だが、父親は不破に対し、型を無視した喧嘩剣法であると常々、言っていた。それをいなみは苦言と捉《とら》えていたが、今では違う意味にも受け取れる。真剣での勝負になったら、勝つのは不破だろうと父親は言いたかったのかも知れない。

命のやり取りに型も剣術の流儀も意味をなさない。強い者が勝つ。ただそれのみだ。

父親は不破の妻となったいなみを草葉の陰で喜んでいるだろうか。いなみはそれが一番知りたかった。

だが、ふと思い出される父親の表情があった。不破が優勝を賭《か》けた試合で、汗に濡れた床に滑《すべ》り、僅かにできた隙《すき》を衝《つ》かれて負けたことがあった。相手は得意そうに胸を反らし、どうだと言わんばかりに不破を見下ろした。

不破は悔しそうな顔をしたが、すぐに参りました、と頭を下げた。その後は朋輩達が座っている席に戻り、不覚を取ったと屈託なく笑った。そんな不破を見て、父親も僅かに笑みを浮かべた。父親は不破を好ましく思っていたのかも知れない。きっとそうだ。不破が仲人を立てていなみに縁談を持ち込んだとしたら、父親は、むげに拒みはしなかっただろう。拒んでいたのはいなみだ。いなみの矜持《きょうじ》が夫となる男は、不破ではないと言っていたのだ。その矜持が木端微塵《こっぱみじん》に砕《くだ》かれるのに、そう時間は掛からなかった。自分は愚かな女だった。今、人並に妻として母として、祖母として生きている自分を喜びたい。一日一日を噛み締めるように生きたい。いなみは改めてそう思っている。

きいと栄一郎はまだ戻って来ない。そろそろ不破家は中食《ちゅうじき》の時刻を迎える。外の陽射しは相変わらず眩しい。

「奥様、お昼はお素麺《そうめん》に致しましょうか」

女中のおたつが台所から声を掛けた。

「そうですね。たくさん茹でて、皆んなでいただきましょう」

いなみは朗らかな声で言った。八丁堀・亀島町の組屋敷内にある不破家の一日は、そうして過ぎて行く。今までも、そしてこれからも。

この作品は文春文庫のために書き下ろされたものです。

文春文庫

月《つき》は誰《だれ》のもの
髪結《かみゆ》い伊三次《いさじ》捕物余話《とりものよわ》

定価はカバーに
表示してあります

2014年10月10日　第1刷

著　者　宇江佐真理《うえざまり》
発行者　羽鳥好之
発行所　株式会社　文藝春秋

東京都千代田区紀尾井町 3-23　〒102-8008
TEL　03・3265・1211
文藝春秋ホームページ　http://www.bunshun.co.jp

落丁、乱丁本は、お手数ですが小社製作部宛お送り下さい。送料小社負担でお取替致します。

印刷・凸版印刷　製本・加藤製本

Printed in Japan
ISBN978-4-16-790199-8